META
VITALITY

Ding Jie

缘动力

丁 捷

江苏凤凰文艺出版社
JIANGSU PHOENIX LITERATURE AND ART PUBLISHING, LTD

图书在版编目（CIP）数据

缘动力 / 丁捷著 . — 南京：江苏凤凰文艺出版社，2016
（幻青春系列）
ISBN 978-7-5399-9219-8

Ⅰ. ①缘… Ⅱ. ①丁… Ⅲ. ①散文集—中国—当代
Ⅳ. ① I267

中国版本图书馆 CIP 数据核字（2016）第 088319 号

书　　名	缘动力
著　　者	丁　捷
责任编辑	孙建兵　赵　阳
出版发行	江苏凤凰文艺出版社
出版社地址	南京市中央路 165 号，邮编：210009
出版社网址	http://www.jswenyi.com
经　　销	凤凰出版传媒股份有限公司
印　　刷	三河市华东印刷有限公司
开　　本	880 × 1230 毫米　1/32
印　　张	7
字　　数	135 千字
版　　次	2016 年 7 月第 1 版　　2020 年 4 月第 2 次印刷
标准书号	ISBN 978-7-5399-9219-8
定　　价	29.80 元

丁捷及其“幻”系列

简介

【丁捷 】▷▷▷当代著名作家丁捷，被媒体和评论界称为“青春写手”、“灵魂作家”。他少年时代就有“文学天才”美誉，14 岁开始大量创作发表作品，后因文学才华突出被大学免试录取。青年时代在世俗社会游走，从都市，到他乡，更有一段人走边疆的峥嵘岁月。青春燃情，饱经沧桑，人到中年却依然执守童真。丁捷在成人文学和青春文学两个领域均有建树，其跨越度和丰富性在当代作家中也不多见。近年来佳作迭出，所著长篇小说和青春文学在国际国内数获大奖。

【幻青春】▷▷▷丁捷以《依偎》获得亚洲青春文学奖之后，以井喷之势为 90、00 后创作了“幻”系列作品。“幻”以个人成长美文书《缘动力》为引导，由微散文绘本《小困兽》、科学奇幻童话《星公主》、谐趣童话《卖乖王》等作品组成一个方阵。每一部作品都有特立独行的个性。

【小丑与大师】▷▷▷《缘动力》结集了作家自己的青春体验和他人的成长案例，努力寻找到自我发育与万事万物交汇点上的美好机缘，被誉为“一本可以沉湎的青春书”。《小困兽》是一本妙不可言的微文学绘本，“真心大天真，假装小怀春”，喜新不厌旧，贫嘴有点闹，读者称其“小丑的善良里子，大师的文字皮子”。《卖乖王》和《星公主》是两部充满风趣和奇幻的童话。作品塑造的各色形象，满满的智慧和冷幽默；作品也没有故作天真，而是把人物置于成人世界的复杂、诡异的环境，借以雄奇的想象、老辣的笔调，洒脱地进行故事情节的推展。大量音乐艺术、生物化学、机器人科技、魔幻艺术等元素的运用，也使之成为当代不可多得的艺术才华与科学知识无缝交融的优秀作品。

contents

目 录

第一部分　我的罗马我的缘

第二部分　你的一半你的爱

第一部分

我的罗马我的缘

文学刺青——致我们的青春

导读：我的内心，有在青春期时被文学培养出的审美和情操驻守着，她一直帮助我驱除世俗的邪恶和丑陋，向着善良、率真，向着美和丰富，向着人类出发地的纯净精神家园调整人生的脚步。

（上）

我小时候体质很弱。身子长，脖子细，路走急了都会喘得接不上气。打量自己浑身上下，除了脑袋比同龄的孩子大一圈，其他没有能亮得出相的地方。作为一个男孩子，我参加男孩女孩都参加的集体游戏，比如追逐一类的，我始终跑在最后而成为别人的俘虏；若是打架，每次必定被小伙伴放倒在地上，有时候被当马骑，饱受“胯下之辱”。我记得三年级的时候跟一个姓顾的同学打架，被他轻松地撂倒，从一个土堆子上滚下来，身上青一块紫一块，疼痛了好多天。老师知道后，把那个同学喊到办公室，罚站了两节课。那个同学回到教室后，径直走到我的座位旁，命令我起来，我就乖乖地站起来，眼看着同学从我的屁股底下，抽走我的凳子，砸得稀巴烂。他说，你让我站两节课，我让你站几天。上世纪70年代，小学的条件很差，砸坏一件教具，确实要好多天才有可能补上。我就站在座位上，手足无措地掉眼泪。同学中有一个是我要好的小伙伴，上来就跟那个同学打成一团，而我竟然没有任何反抗的力量和勇气爆发出来。我的卑怯就在无数次体力较量的失败中慢慢地养成了。卑怯的孩子必然有些落落寡合，也就会去找与大多数孩子不同的消遣方式。看书和写字这种极其独立性的细活儿，自然是我首要喜欢的。

我最早接触的文学作品，是父亲手提包里的一本《青春之歌》。10岁的我读这样的长篇很困难，太多的生字词阻挡着我的阅读和理解进度。那时我住在父亲的单位，父亲众多的同事，都成了我的识字老师。父亲说，读书是一个人的事，一个人才能专心，才能沉到书的世界里去。他索性给我买了一本字典，要我自己解决阅读中的问题。新字典被我翻旧了，我也就读完了它。一本厚书的神奇，使我小小的内心久久难以平静。记得那个夏天在南通城北郊的一个小镇，父亲的单位大院的凉榻上，我望着无垠的夜空，挂念着林道静，那个美丽的倔强女人，像哪一颗闪烁的星星，向我眨动清澈的眼睛。这本小说，为我埋下了多情泛想的种子，更是激荡出我内心深处的一种面向未来、跨越人生坎坷的勇气。人原来是不一定需要一副健壮的身子骨才勇敢，才可以创造惊天动地，人的一股劲来自身体的深处，来自意志、情感和精神——而这些东西，跟身体的强壮未必有太大的关系。我懵懂的世界里多了神奇的醒悟。一直到现在，我看见那种大眼素衣、性情倔强的女孩，都会隐约产生莫名的敬意，她们在我眼里，都是一种启蒙者的形象。

我最早接触的诗歌是毛泽东诗词。上世纪70年代后期的小学生，能流利地背出好多首毛泽东诗词，也是一件很光彩的事。为此，我受到了许多表扬，也获得了一些当众表现自己的机会。这使我朦胧地意识到，我已经轻松地迈过了身体瘦弱的门槛，获得了其他更重要的力量证明自身的价值。父亲乐于让我待在他小小的单位，向他的同事展示我的这种"才华"；班级搞课余活动，老师会请我上台背上一两首。你看，今天已经人到中年的我没能说好普通话，可以想象一下二十几年前，我用家乡土话声情并茂地朗诵表演"还有吃的，土豆烧熟了，再加牛肉。不须放屁，试看天地翻覆。"竟然成为家长和老师的骄傲资本，是一种怎样乐不可支的情景啊。

小学高年级时，父亲送我到无锡的姑妈家住了几天，路上要乘轮渡过长江。我的老家在长江北，离江边很近，但渡过长江，那却是第一次。看看江水滔滔，如此壮阔，想想毛主席他老人家可以一步跨过长江，我都能看见自己眼睛里的惊异了，我小小心潮也懂得起伏跌宕了。我在姑妈家就写了一首"诗词"，模仿毛泽东诗词的语气和风格，大大地抒发了一通。这首"处女作"的第一读者是我的表哥，他当时已经是无锡北塘中学的一名中学生，正在身体发育，天天热衷于用哑铃练胸肌和修剪自己的小胡须。他大大地夸了我一通，并把这首堆砌了很多成语和排比的东西，拿给姑父，一位我们敬畏的江南工具厂的革命工人审阅。工人亲切地摸着我的脑袋说，好啊，中心思想光荣，文才闪闪发光，歌颂大好山河，缅怀伟大舵手，是一篇革命浪漫主义的优秀华章！我记得工人姑父的灵感那一天跟我相约似的多，满口出来的都是革命干部的华丽辞藻。他还用实际行动，表达了对诗的评价是发自肺腑的，对又红又专下一代的成长是欣慰的——他特地让姑妈在晚饭中加了一道"红烧肉"，说用毛主席喜欢的菜奖励我，说全家人是跟着我沾光开荤的呢。

我一直把"红烧肉"看成是我的第一笔稿酬。这好像也是我写诗历史上得到的最实惠的一次回报。

进入青春期后，我已经是我们家乡有名的小才子了。我常常想，没有什么比我们这代人更幸运的了，多情的青春期正好顺应了上世纪80年代的煽情的崇文风气。父亲经常出差，无人管教的我，便整夜整夜的偷读父亲借回的文学书刊。白天上课的时候，我的脑海里翻腾着语言和情绪的海洋。初中二年级，我开始偷偷投稿，装着大人的语气，在自己的"作品"前给编辑写信。这一年，我的处女作发表了，一篇故作老气横秋的文艺杂论《山不在高》出现在《文汇报》的《文艺百家》副刊上。这件事在小镇上引起了不小的轰动。我的八元钱稿费寄到学校的时候，老师们传阅着，一直传到了校长的手里，并由校长亲自交到我的手上。我把八元稿费狠狠地规划了好几天，才造出了一个支用计划，并实施：我给妈妈买了两双袜子，我看到妈妈的脚因为多年的劳作而裂开了千百条口子；我给一个小伙伴买了一盆当时流行的塑料花送他，因为他好几次在镇上的小书店帮我凑钱买书，我至今保留着这个小伙伴当年帮我买的上世纪70年代版的《鲁迅选集》，还有路遥的那本让我如痴如醉的《人生》……做这些事，让我觉得自己很有用，在这个世界上，我能够用现实的方式去回报情义，并感知这种自豪与幸福。

从那时起，我一本正经地"开始了创作生涯"，零星地在各地报刊发表文章。那时候发表文章并不容易，我们能看到的出版物极其有限，园地少，名家占据了绝大多数版面，可供刊登自由来稿的天地很小。也正是因此，只要能发表几篇文章，在一个地方引起的新闻效应，相当于现在买彩票中大奖在一个街道的反应。我在家乡百姓的眼中，变得"举足轻重"，备受关注。记得有一学期我落选了"三道杠"，我简直无地自容，觉得自己"无颜见江东父老"，放学的时候等天黑了才敢回家。而家乡一个很有名望的老先生，竟然真的拄着拐杖在路上拦截我，他觉得我从"三道杠"降为"两道杠"，已经严重得"丢家乡人民的脸"了。想起当时老人家严肃的脸和拿捏的腔调，至今我都忍俊不禁。

我考进中国中等教育界著名的江苏海安中学后，进入了青春发育的加速期。内心对荣誉感、力量感的狂热追求，通过写作向外泛滥。在老师的纵容下，我丢掉了中考时成绩出色的理科，选择了文科，一头扎在文字堆里。老师指导我不要呆乎乎地投稿追求发表数量，要去拿奖项，为自己和学校争光。我的温顺性格，决定我会迎合大人和社会的需要，我很快掌握了写获奖作文的技巧。我在高中时代得了二十多个省级以上作文竞赛奖项，喜报经常出现在学校的布告栏，学校把我的奖杯和大照片陈列在校史馆。上世纪80年代后期，我一举夺得由江苏官方组织的全省作文大赛的一等奖和散文组第一名。那一年正好是我的毕业年，南京师范大学中文系，在我受奖的仪式上，免试录取了我。当时的大学校长谈凤梁教授、中文系主任王臻中教授和写作学教授何永康先生，都是国内著名的文学专家，担任着社会团体和学校的要职，却都亲自了解我这个毛孩子的情况，抽出宝贵的时间找我谈心，过问录取手续办理的情况。《儿童文学》、《少年文艺》、《语文报》、《中学生文学》、《少年文史报》、《春笋报》、《全国中学生优秀作文选》等许多活跃的报刊，推介我的作品，并专版介绍我。我还获得过“杰出少年”、“校园小作家”等诸多当时时髦的头衔……文学为我赢得了很多偏爱。我那时候立志要做中国一流的大作家大诗人，追求荣誉的狂妄经常让我自己神魂颠倒。

（中）

我们家乡古有大才子冒辟疆，今有著名诗人沙白。到了上世纪70年代末80年代初，出了“伤痕文学”之祖卢新华。他们成了我具体的偶像。在我的心目中，他们就是我即将走入的金光大道。他们同样是我们那个时代的青少年最羡慕的人，用今天的话说，是“超级男生”。这些人的光环逐渐把我们聚集到一起:在地方教育部门的支持下,我们组建了"苏中中学生诗社",创办了诗歌刊物《清波》。这个团体吸收了苏中地区二十多个中等学校的文学社负责人作为骨干,最高峰时,二百多名社员遍布苏中的学校。作为这个社团的发起人,我和一大批文学少年,为该地区的文学潮流添了一支强劲后浪。他们中的很多人,成为当时"中学生文坛"不可忽视的成员,长大后大多成为各个行业的佼佼者。

我们写作,办刊,还大量开展文学活动。我们在如皋老城举办的苏中中学生文学笔会,到会文学少年达四百余人,恐怕创下了当时同类活动的规模之最,当地政府为我们安排专车,食宿,文艺专场。我至今还记得,当时的如皋师范学校大礼堂、如皋人民公园的大草坪上,人头涌动、青春勃发的热烈。所有的人都处在一种极端的亢奋之中。今天,当我们看到"超级女生"现场的沸腾,我觉得那样的"辉煌",我们的青春一样拥有过。

想想当时,我穿梭在这些激情的同龄人中间,自觉几分少年才子的挥洒,几分被拥戴的神气。用一个成人的成熟眼光看,这一切是不能作为陶醉的酵母的,那是幼稚,天真,不知天高地厚的狂热。长大后,我也曾多次在言谈和文章里自嘲过这种浅薄。可后来再一想,那种青春对非物质的世界的沉湎,是多么的可贵。我们成熟的时候看似把握了世界,但总是把希望和快乐迷失在现实世界里,其实丢失了许多精神的领地。人如果能多一些光阴在这种浪漫中度过,人生漫长的世故、沉重和无聊，会减去很多！一位睿智的长者坦诚地对我说：看完世界，才会回头看世界；回头看世界，才知道精彩在世界的开头！

（下）

不过，大多数人无法一直生活在一种不切实际的状态中。我对文学的偏执和依赖，在参加工作进入现实生活后，处处受到碰击。茹志鹃老师在对我的一篇散文的点评中，说我流露出写作功利主义的倾向。而我对工作状态的缓慢进入，以及处理生活细节上暴露出的迂拙，也使我时常陷入理想与现实的矛盾。后来我基本意识到自己并非天才，天才也不会为荣誉和财富去创造，所以我以最快的速度，调整了自己，着力于工作和普通生活的建设。此后，我很少为了外部需要而写作，不为写作而进行的业余阅读，更使我获得了读书的愉悦。我当一个守法的市民，当一个认认真真料理琐碎公务的小干部，良好的营养，平庸的生活，以及自我压制起伏的内心，使我摆脱了少年儿童时代的清瘦文弱和卑怯。而青春才气，就是随着这样的生活选择枯萎的。可见，大学毕业后进入现实社会，我就不再是一个作家，不再是一个诗人了，因为作家诗人既不是一种身份，也不是一种职业，而是一种性情的属性，以及对这种性情呵护、坚守并继续发扬的精神姿态。好在这么多年，我在内心里，没有放弃努力做一个依然崇拜作家诗人的人，依然在摸到文字时倍感亲切的人，对纯真的感情有抒发欲望的人，对美好的世界有无限向往的人，对虚伪和邪恶有痛击冲动的人，对自己有约束有要求更有精神激励的人。我的内心，有在青春期时被文学培养出的审美和情操驻守着，她一直帮助我驱除世俗的邪恶和丑陋，向着善良、率真，向着美和丰富，向着人类出发地的纯净精神家园调整人生的脚步。

有时候人越在俗处行走，就越是不能从俗中自拔。但这个时候往往有残余的理想和浪漫在抗争。我的第一本诗歌集《叩响她的门环》，是在工作后不久由江苏文艺出版社出版的。我的少年密友荣成，是我出诗集的始作俑者，他不断地从非洲、从巴黎、从北京打电话来，激发我回忆少年时代文学带给我的荣誉，并说丢掉阅读与空灵思考的习惯，是可耻的异化。他怀着对我固执的偏爱，在我的内心深处兴风作浪，拼命地要把我这个快速进入世俗生活的庸人，喝令回头。我感到愧对他的“培养”，但又怕失去他这么可爱的朋友，也就拼命地收罗过去的诗稿，偶尔（多么少得可怜的偶尔啊）也写这么几句新句，也就有了后来人民文学出版社出版的《沿着爱的方向》，以及正在编辑出版中的《天生天真》。

我的少年文友们，不管他们现在从事的事业是否与当年的追求有关，他们都没有放弃那种激情在内心的延伸。我们是属于文学的品质，又在一个诗歌泛滥的年代，用青春在社会的熔炉锻造过。我们像刺青的少年留在肉体上的印记，因色素沉浸于肌肤而终身难以拭去，我们的人文精神，也浸润在灵魂深处，简单的几十年岁月，哪能消解呢。不仅如此，这些“刺青”在不断地提醒着我们，不甘心堕入平庸，不要被人生的挫折吓倒。甚至能够坦荡地对待突如其来的一些灾难。比如，1999年，刚“奔三”的我突发急性恶性胆囊炎和胆结石胆管梗阻，在连续五天高烧昏迷后生命垂危。医生一方面下达病危通知，一方面准备带着高炎症做剖腹手术，争取着生命的希望。临入手术室的那个下午，我在清醒的空隙，还戴起眼镜，看完了床头的当天晚报。边看报纸我的心思边急剧激荡。望着担忧而流泪的家人亲友，我放下报纸，跟他们谈笑风生。我说，我自己心里有数，我会很快恢复健康。我的坦然果然医治了他们的忧伤，也振作了自己的精神。在经过一个下午的手术和一整夜的昏迷后，我在第二天上午九点多钟醒来，明媚的阳光落在雪白的被子上，我真想带着满身的插管跳舞。来自记忆和心灵深处的乐观和浪漫，是一种强效的生命催化剂，它激发着我的肉体和意志，去战胜任何灾难。医生吩咐疗养三个月才能上班，可我一个月后就投入到工作中去了。2005年，在收到我的援疆志愿书后，组织上征求我的意见，派我到新疆工作，问我是否发自内心的愿意。而此时我的口袋里还揣着另一个通知：省委选派年轻干部赴德国的研修班。一个是到祖国边疆艰苦的环境里工作，一个是到世界发达都市柏林“留洋”，这样的选择放在谁面前，都是简单的。而我，一个带着文学走在人生道路上的行者，勇于挑战困难、向往奋斗，总是要做出悖于世俗的选择。最后，我在家人的泪水中踏上了边疆的路途。在三年一千个寒暑里，我无数次病倒，又站立了起来。我在祖国最西部边境伊犁，默默地做着一名文化使者，为东西部文化交流奔波。三年，我的成果是极大地丰富了自己的人生，结交了边疆各民族的朋友，把西部艺术介绍到内地，把东部艺术家请到西部，被中新社等新闻媒体誉为“文化援疆在伊犁的倡导者和践行者”。我觉得这一切，来自于文学自小给予我的原动力。

没有文学，我们的人生，会有许多选择不一样。有了文学，人生也许多了坎绊，但生命一定多了奇峰。

（注：本文系作者为香港《文汇报》和《回忆我们的八十年代》等媒体和书籍撰写的青春回忆文章）

问　路

导读：十七岁那年的夏天，我和她没有继续向前走……我们蹦蹦跳跳地走回学校，再也没有回到那条初次约会的路上来。

十七岁的那年春天，我与一个女孩偷偷互相注视。就那么在教学楼的楼梯口，在密密匝匝的书本的空隙，两双目光偶尔地一碰，便激荡起无数的慌乱，无限莫名的期望来。有一天午后，她终于塞给我一张纸条，急急巴巴地说了几句话。我只感到耳根发烫，脑子嗡嗡作响。我只记住最后几句话，说是让我晚上七点到镇东的大桥上等她。

我们羞于想象，这便是约会。从桥上向下走，脚下的月光在晚风中跳荡个不停。这种景色让我们难以平静，更难以抓住一个实在的话题，一两句话后，便再也续不上什么；或续上了什么，又猛然觉得与前面的话并无关联。所以是默默的时候多些。两人并排而又拉开了一段间距地慢慢地向前走，听脚步声和心跳声很有节律地呼应着。

偶尔，我们偏过头，匆匆地对望一眼，又倏然正过身去，极力地装着若无其事，继续地走路——那种没有任何目标的只管向前搬动双腿的机械运动。

走到镇外的公路岔口时，后面“刷”的射过来雪亮的车灯光，一辆卡车“嚓”一声停在身后。我们顿时没了主意，不知向灯光里的哪条岔路走，就愣愣地站定着。

卡车门响了一声。“喂，同志——”我扭过脸。灯光刺得我睁不开眼。

那个司机探出半个身子，冲我问：“请问同志——小同志，去盐城，从前面哪一条路走？”

我一下子被问住了，哪条路？我还真不知道。“我不知道。”我说。

“我也不知道，真的……对不起。”女孩跟在我后面说了一句。

车门“砰”一声关上，我听见驾驶室里另一个声音哼了一句：“奇怪，本地人怎么不识本地路？”

“不怪！”那司机笑了一声，说：“我们认错了人——看，是两个毛孩子！还是向前开一段路，看看有没有指示牌，得找个大人问问。”

卡车“呼”一声从眼前擦过，在我们中间碾出一大片空旷。我们站在那儿，呆呆地盯着它的尾灯，谁也没有吭声。好一会儿后，一股燥热从心中向上涌，我感到整个脸都烧起来，火辣辣地膨胀。

“他刚才说什么？”女孩忽然打破寂静。

“他说——”我顿了顿，“两个毛孩子……”

我没有说下去。我发觉她的眼睛很亮地一闪，盯着我：“毛孩子……”在那一刻，我们同时被什么东西点拨了一下，面对面地笑起来，先是小声地，接着滑向了高声，无拘无束地笑了好一会儿。她还笑弯了腰。笑过之后，我们仿佛一瞬间抛掉了刚才所有的那种新奇，那种湍动，那种拘谨，那种无比的压抑。

我们没有再向前走。几分钟后，我们蹦蹦跳跳地走了回去，一路上有说有笑，轻松而又明快。后来，我们再也没有到这条路上来，也不再偷偷互相窥视。在教学楼的楼梯口，在密密匝匝的书本的空隙，我们彼此坦然地招呼、点头，直到顺利地读完中学，走向大学……是的，我们那时毕竟是毛孩子呗！

含泪的眸子

导读：她是我初中的女同学，美丽，脆弱。当她恰好处在一个荒唐的教育政策实施时期，并又遇到投机和利用这种政策漏洞的人，她的不幸就降临了。青春不全是美好的，青春期的心灵也不全是健康的。

她是个讨人喜欢的女孩，剪着日本学生发式，浓密整齐的刘海下，眼睛大而黑，嘴巴圆而巧。服饰似乎是永远的暖红，连夏天的衣裙也不例外。她轻便伶俐的身体，她不吝啬的笑，她一贯的快乐，很容易感染周围的一切——在她转学来到我们这所偏僻的学校不久，大家便乐意接受了她。

我当年读书的那个老家小镇初中，生源出奇的杂。毕业班更复杂。许多同学认为无希望考取重点高中，就故意捣蛋，在班上制造出许多恶作剧来。他们能在自修课教室后的空地上旁若无人地打架，有时连教师也不敢靠近。奇怪的是，只有体育委员大杨能够镇住他们。大杨一站起来喝令停手，再激烈的战斗都会立即偃旗息鼓。有人说，这不怪，大杨的爸爸是这个学校的教务主任。有人马上反驳，说连主任自己都镇不住这些人;大杨之所以厉害,是因为他其实是这群坏男生暗地里的头儿。而且,他是个体育尖子,身体壮,力气大,脾气暴,浑身充满一种让我们望而生畏的汗腥和恶臭。

老师们懒得去研究暗地里的究竟。大杨有时候甚至能替他们"维持"班级秩序,这就是帮了他们的大忙。更何况,大杨毕竟是教务主任的儿子,在学生中的位置总是比其他同学扎眼许多,怎么可以去怀疑这个身体发育和所处地位稍占上风的大孩子,会做出什么真正破坏学校的大恶事呢!

这学年,竟有一件事把她、大杨和我串联了起来。

我们几个都是教师的子女或亲戚,寄住在教师宿舍里。我的宿舍夹在大杨和她之间。逢到周末,老师们回家,便各个地关照我们:好好待在屋内看书,不许乱串门,尤其是男女生之间!我就老老实实地待着,关了门做习题。而大杨常常来敲我的门。有一次,他神秘兮兮地对我说:"哥们儿,你隔壁不就住着一个小美女吗?我俩为什么不到她那儿玩玩?"

在我看来,这简直是一个荒唐的主意——那个年龄的我们,如果突破老师的约束和世俗的规矩,主动与女生接触,这样做很浅薄、很违规,甚至会被上升到有品德缺陷。

我婉言拒绝大杨的提议。大杨走了,他有些不高兴。后来一连几个周末,我听见大杨经过我的门外,独自去敲她的门。他们的谈话声隐隐传来。一天早读课上，大杨悄悄地、很得意地告诉我说，那个女孩对他很有意思呢。他还幸灾乐祸地向我挤挤眼，那意思是说谁让你不肯一道去的呢，现在干瞪眼，后悔了吧！

第四个周末，我依然听到大杨的敲门声，敲了好一会儿，而且不断地喊她的名字。10分钟后，我才听到开门声。可很快，我听到隔壁打架的声音，接着是女孩压抑着的撕心裂肺般的痛哭。很久很久，我在惊慌中似乎意识到什么事发生了。我想冲出去，去隔壁敲门，也许能做点什么，阻止一下他们的哭闹。可是，只是我的心在拼命地蹦跶，我整个人却瘫坐在凳子上，一动未动。我懵懂而惊讶，烦躁而迟疑，凌乱不清的思维，缺少经验的判断，幼稚无知的年纪，都使我完全没有勇气和能力向前迈出一步。人家是“早恋”呢，谁有权利去干涉那些也许就是儿戏一样的纠缠呢！

第二天晚上，我的门也响了起来。我想大概是大杨，结果站在门外的竟然是她。她满面绯红，眼睛红肿，怯怯地说：“我们，我，你，还有大杨，能不能三个一起讨论习题，帮帮我好吗？”

说完，她就一直可怜巴巴地望着我，半张的嘴似乎急等我答复了才能合上。

我很不情愿地说：“好吧。”

事实上，整个晚上，我们在一起尴尬地坐着。她把瓜子和话梅拿出来分给我们吃。我就一个劲儿吃，掩饰心头的紧张不安。大杨很不愿意搭理我，就一个劲儿对她讲参加县运动会夺得名次的事。讲完这些事，他在桌子下面，拿脚狠狠地踹我的双腿。我知道他的意思。而她则不断地求援似的问我："我有很多问题弄不清楚，你能等我们都做完习题再走吗?"

我左右为难，我恨不能在桌子下面找个地缝钻进去。我找了一个内急的借口，跑回了自己的宿舍。在日光灯下，我捞起裤腿一看，我的腿上被大杨踢得青一块紫一块。

第二次她来敲我的门时，是期中考试后的那个周末。我正在订正试卷，一份很头疼的物理试卷。我没有去开门，我说我没时间，你们谈你们的，干吗拉上我？门外沉默了好一会儿，脚步声便远了，我则重新回到试卷中。

星期日中午，她忽然又来找我。她显得很焦急，吞吞吐吐地向我说一件事。"你不知道，"她垂着眼帘说，"我是没有办法啊。他动不动就要动手动脚……"

说实在的，我听了这话，竟然一点不吃惊，甚至在心里开始有些瞧不起她。

"你能帮帮我吗？我……"她的脸马上绯红，眼睛小心翼翼地望着我，那神情像个可怜的弃猫。

"他、他……没完没了。"她继续说。

我讨厌她拖泥带水的迟疑，我生硬地说："你不乐意干吗要开门?"

“可是……”她把头调向门外，马上又果断地回头拿眼睛正视着我，一字一顿地说：“我是重读生冒充应届生，转学到这儿，他的爸爸帮助我转的学，他说如果……那么他就把我这事揭露出去，我多么怕失学……”

这个“阴谋”突然曝光在我面前，我有些震惊——属于我们青春的那个80年代，教育资源的紧缺，生就了许多荒唐的规则。其中很重大的一条就是，中考高考只能考一次，应届历届的区别严肃到等同封建社会的初婚与再嫁！

我马上意识到她那十分狼狈而无奈的处境。但是，她要我陪他们一起做作业一起聊天的请求，我如躲瘟神般地拒绝和逃脱了。我坚决地说：“不行，我不习惯做作业时有人分心。”

接着的情景，我多少年来一直如在眼前：我清楚地看到，她望着我的那双眼睛，乌黑的底子上，慢慢地渗出两滴清泪。

从此以后的周末，她的门坚决地闭着。她变得沉默寡言，甚至魂不守舍，不敢拿正眼瞧人。大杨继续敲她的门，关于她的谣言也四处播散开来。到了第二年初春，全校几乎每个人都知道了她的“秘密”，而且说她妄想通过跟大杨早恋，利用大杨的父亲达到冒充应届生身份参加中考的不法目的。

校长劝她退学时，她一言不发地提着行李走了。已是距中考不远的春天，盛开的菜花散发着浓郁的香味，许多人挤在教室的走廊上，望着她从校前那条弯弯的油菜地的田埂上走了。大杨和几个捣蛋鬼在课堂上激烈地掰手腕，喝彩声几乎掀翻教室的屋顶。

我心里很难受。我想上去揍大杨嬉笑的脸。然而，我没有勇气，因为，我也是一个隐瞒了身份的复读生啊。

得知她不是被校长劝退，而是怀孕不得不退学的真相，已经是若干年后了。那年春节，我从南京回老家给亲戚拜年，在县城开发区工作的一位热心的老同学，为我特意组织了一个饭局，叫来中学时的一些老同学聚会。在这个聚会上，有个同学告诉我说，你有个初中女同学，叫什么红的，大美女，前不久死了。我一时没有想起来是谁。老同学就帮我回忆说，那个据说初中被同学强奸，退学回家流产的风流女孩啊！

我的心一惊，忙问："怎么回事，怎么三十几岁的人就走了，什么意外?"

"不意外。"老同学说，"红颜薄命呗。她上学出了那种丑事，后来没嫁到什么好人。县里一个局长的司机看她漂亮，娶了她，可这司机心里恨恨地，总归还是从骨子里轻视破鞋，经常打骂，弄得她跟恶霸家讨的丫头似的，夫妻关系很恶劣。前年得了一个什么病，折腾了年把，就去了。惨!"

我的眼前浮现出隔壁宿舍那个本来活泼美丽的女生，以及她越来越忧郁的眼睛，直至那对含泪的眸子。我的心很痛很悔，一个青春引发的悲剧，我亲历和目睹了它的发生，并在若干年后，听到了这个悲剧的必然结果。我再一次发觉，自己跟这个世界上太多的人一样，貌似强大，其实是弱小的一个爬虫。人间其实天天有悲剧，包括我在内，我们不就是天天围观和纵容悲剧发展的那些小人物吗！

从此，我执意劝导自己，这辈子这坯子恐怕做不了站着的英雄了，只能为自己增添一些良知和勇气，以便在对着英雄的时候，跪得下自己卑微的身子。

同桌的你

导读：昔日不幸的黄毛丫头，如今潇洒的美女专家。每个人在学生时代，都有一些特别的同座。他们中的一些人会成为我们终身的牵挂。

那个年代，我们这些刚刚跨过青春期门槛的中学生，就学会了伪装和表演：有女孩子从身前走过，我们便发出尖厉的怪叫，争着讲些贬低她们的话，仿佛这么一贬，我们的小男子汉形象便撑得高大了。可没有想到的是，我们那个扎着一对小辫的女班主任，不久竟然不顾“民意”，很专制地宣布：全班调整座位，一律男女搭配同桌。

我分得一个刻板得像一座蜡像的同座。她的眉眼和唇线是那样的浅淡，加上皮肤出奇的苍白，远远看上去，她那张脸便像一个省俭的穷画家，在白纸上漫不经心勾勒出的肖像习作。“肖像”不声不响地坐在我身边，从书包里抽出作业簿抄生词。有好几次，她抬起头，我眼角的余光能感觉到，她黑黑的眸子向我游离着。她似乎要与我搭话，而我坚决地不作回应，看自己的课本，并下意识地在手里盘弄着爸爸外出时，买给我的一支日本三色笔。她终于放弃了努力。

我有点不痛快，老师怎么就把这么一个黄毛丫头，分配给我做同桌呢。老师居然让成绩最好又当班长的黄婷与调皮蛋冯小山同桌，而差点被我们开除出男生籍、长得像一片瘦菠菜叶的周青，竟成了最漂亮的女孩齐丹丹的同桌。当然，情绪不可告人，只窝在心里，我的脸上露出的是满不在乎。

课间，我们挤在阳台上晒太阳。冯小山先开了口，说："嘿，我最不买账的就是黄婷，瞧她能的！"冯小山原先的同桌郭亮就怪声怪气地说："远亲不如近邻，近邻不如一家子，冯小山要沾女班长的光了。"大家嘻嘻直笑。冯小山啐了一口，说孙子才沾女人的光呢。接着大家轮番"轰炸"自己的同桌。就连细声细气的周青都讨好地附和，骂齐丹丹是小妖精，脸上竟然搽了粉！

我正想开口，我的同桌恰恰打我们身边经过。冯小山故意把矛头指过来，说："阿哈，你怎么不说说你的那棵小白菜？"我一急，几乎不假思索地说："什么小白菜，小芭茇草也不如，我两指头就能拧断她的脖子。"大家哄笑。女孩一愣，转即逃也似的走了过去。以后，同桌不敢表示半点要搭理我的意思，而我更懒得理她。她是个易被人遗忘的女孩，从长相、言谈举止到功课，都平常得不能再平常。我在座位上做作业，闲时用心爱的三色笔画画涂涂，很快就能把她忘个一干二净。

有一次我临摹贴画上的南京长江大桥，一直到放学后很久才画完。我正得意地自我欣赏，一个怯弱的声音在耳边说："你也喜欢桥吗？"我惊诧地扭过头，这才发觉我的同桌，大概一直在看我画画。我看看教室里已经空空荡荡，便得意地问她画得怎样。“真好看!”她讨好地笑了，并问我的三色笔是从哪儿买的。我更得意了，告诉她说这可是国外带回来的，正宗的日本货。她有些羡慕地看着我。她的眼睛细长，而眸子很圆很亮。过了一会儿，她轻声地说：“你能把这支笔卖给我吗？我也喜欢画画儿，画各式各样的桥。”

我没有答应她，而且很不高兴，觉得刚给她一点脸色，她就想夺人之爱。从此，更不爱搭理她。从此她好像保持惶恐不安的样子，局促地坐在一边。我当时并不明白，我所做的这个小小的拒绝和小小的冷淡，已经深深地伤害了一个女孩软弱的心。后来发生的事，又远远超出我的想象：她的爸爸是一个桥梁工人，在修建通盐公路的一座水泥桥时，因工伤而死……那一年冬天，女孩红肿着双眼，一声不吭地坐在我的身边。我却无论如何心神难宁了。上课时，我老是走神。望着北风在冻结着冰霜的窗玻璃外，卷走了最后几片树叶，一种冰凉的感觉便渗透到我小小的心窝里。我不知道该跟她说些什么，也日渐沉默了。

放假离校的那天，她忽然从座位上站起来，轻声对我说：

“下学期，我可能……不来了。”

她还笑了一下，很浅，很快，几乎察觉不出。可我的脑海里不知为何嗡嗡地响了好一阵子，几乎是在无意识中，我拿出那支三色笔，塞在她手里说：“送给你，做个纪念。”她不肯要，我就说：“你可以用她画各式各样的桥啊。”

我说完这些，她捏着笔，一下子，两只眸子上覆满了泪水……这是她留给我的最后印象。后来她杳无音信。我记得同桌姓薛，作业簿面皮上的姓名总是写得很浅很细。至今，我难忘她那双含泪的眸子。

参加工作好多年后的一个秋天，我出差无锡，参加全国城乡协调发展的宣传协调会。在驻会的宾馆里，一位年轻的女博士在报到那天敲开了我的房间。她高挑清瘦，但眉宇间流露出来的是健康、睿智的气质。她一见面，就喊出了我的名字，然后让我猜猜她是谁。我一时愣在那儿。她嘻嘻笑起来，说我是薛黎明啊，你小学的同桌，还记得那支三色笔吗？

我恍然大悟，直说想不到、想不到。那天，我们谈了很久。原来，她离开我们那所小学后，曾辍学了一年多，后来随母亲回到南方老家，继续上学。她立志考上中国最好的水利大学并实现了这个理想。河海大学毕业后，她又报考了一位著名桥梁工程专家的研究生，并成为其最得力的助手。她与导师一起参与过长江上两座新大桥的设计，此次跟随导师与会，准备作一个关于南方水乡交通方面的专题报告。她从代表名册上看到我，于是有了这场惊喜的邂逅。

她告诉我，为了桥梁，她至今单身。“要嫁给桥梁啦”，她这样戏说自己，她的眼眸依然是那种晶亮晶亮的，真的让人无法忘记。

“小四川”

导读：如今大家交网友，过去我们交笔友。一个调皮可爱的四川女孩，因诗歌而成为我的笔友。

从高中到大学，与好几百个同龄读者称过朋友，其实绝大多数是在邮路上与我“交往”过一两趟，也就了结。只是极少极少的几个，被我饶有兴味地处了下来，成了真格的朋友。“小四川”便是其中一个。

那是个使人充满幻想的冬天，第一场雪文静地姗姗而下。正应了这种雪景，山西的一家刊物登了我的诗《踏雪》：“踏着雪去邀你/去邀十月/去邀十七岁纯白的风景/看我们逍遥……”我从传达室取了款单和一叠信，在母校的南北通道上走着。雪片在我的眼前轻歌曼舞，落上脸、脖子、手，向心间消融。能这样享受一个季节的厚爱真不容易，马上邀几个同学去城郊踏雪，多么妙不可言。边这样想，边漫不经心地读信。一封，又一封，兴致越读越高。大概是第五封时，我怔住了——“晓波，别以为我像你的其他读者朋友一样，是来送溢美之词的。”劈面就这样一句，异常极了。我把信封翻过来，见是“四川武隆中学程力”，很圆巧的字样信，四页纸，大谈《踏雪》结尾处的“蹩脚”。后边还有：“晓波，从你的名和诗，猜想你是个女孩，有没有点巾帼气量，跟贬你大作的程力处朋友？还有，考考你，我是男孩还是女孩？”

我记得捏着信在雪里站了好久，踏雪的兴致被莫名其妙的感觉取代，一个调皮尖酸的异乡男孩和他得意的笑模糊地在脑海里勾画出来。我很快就回信，不是为气量，而是要“杀回马枪”。——“对诗的批评我完全接受，这是你的聪明所在，但世界上的性别不过两种，我的居然给你猜错了，真笨！”我也是第一次笑骂一个读者，心里急切地想知道对方的反应，就极认真地盼着回信。不久信到了，看得出，很高兴的语气，说正在梦见我的信，醒后信果真来了，虽然被骂，但还是三呼万岁。笔锋一转：“可是，我得回敬一句：你更笨，程力我是女孩而不是男孩，你杀偏了。”女孩？天，这样的女孩！难怪说“四川小辣子”。

我们就此通信了。一来二去，她的男孩子式的调皮和信里展示的丰富内容使人欲罢不能。我把地图摊开查武隆，见是乌江畔的一颗红色小痣。她说，她们武隆是个山城，每天她从她家所在的县法院上学去，高高低低，弯弯扭扭像个无规则分子在山路上运动。假日里，便去疯那些溶洞啦，那些潺潺而歌的流泉啦，那些山坳里自然的芳草地啦……她天真地说，想不想来看看？你大平原的儿子几时领略过这般异乡情调？于是，我也不甘示弱，我们没什么可观的，就鼓三寸之舌，说新建的苏中七战七捷纪念碑，说春天绿展展的田畴和风中阳光里灿成一片的菜花黄，说黄海的泥质海滩秋天的纤草无垠，粗犷博大……一招比一招，直把“山的女儿”比得心驰神往。

她的确很调皮，有的叙说常使我捧腹。她告诉我，她本来应该是个男孩，这是妈妈的意思。妈妈为她生了个大姐，就盼一个哥，却为她生了一个二姐；妈妈不服气，再生，竟生了双胞胎女孩，即她和她的孪生姐姐。这下子可好，四个千金一到家，一窝喜鹊叽叽喳喳地闹笑，妈妈拿她们没半点办法。妈妈把她们都“惯成男孩啦”。她还说，班里搞活动，诗诵比赛，她偏不“小桥流水”，一副男孩子样子上场，硬着嗓皮扯一首“北方汉子”的诗，诗诵被她搞成单口相声。

不过，作为一个女子，调皮只是一种形式。她其实是很真诚很敏感的。到了高三，这种真实面暴露得越来越多。她讲跟男生相处的艰难，女同学的小心眼，高考冲击波对她的震荡，对前景的忧思。那时经商热正在中国这块土地上兴起，清贫的教师不忍心睁眼看妻子儿女的寒酸，于是她讲毕业前送一个老师离川的凄凉。他是个很有才华的教师，想改善一下家境，就外出从商，她们送他到乌江边，他说：“实在不该在这个时候扔下你们，罪过！”老师流了泪，他们也陪着流了泪，向他挥手，挥手……

迫于高考的逼近，我没有再给她去信。我接到大学录取通知书时，想写一封信告诉她，但一想到她们乌江送师的情景就打消了念头。还是让她迎考吧。从此，音信全无。到了十月份，我在校园的落叶径上漫步，想象着那个踏雪的冬季和又一个不知是否有雪的冬天正在相逢，不无怅怅地想：小四川，这样一个聪明的女孩，终于成了高考的不幸者了。于是，写了一张明信片，试寄到她家，鼓励她振作起来。再考一年。

一个月后，从四川的另一个地方忽然飞来一个包裹和一封信。惊喜地拆开，正是“小四川”。她说：“很感激你的鼓励，可晓波，我没有落榜，你又杀偏了一回，我进了师范，跟你同一条船了，哈！记得我说的乌江送师情景吗？——我偏偏报考了师范，我喜欢这个职业，你呢?”我笑了一下：我呢？接下来她写道：“我们这儿叫涪陵，知道吗？全国闻名的榨菜之乡。小四川你的读者朋友现奉寄榨菜一包，换取对话永恒。正宗乌江牌，尝尝，什么味?”

我赶紧拆开包裹，里边是一袋一袋的榨菜，拆一包尝尝：先是辣辣的，接下来是咸咸的，香的，说不了的……没有穷尽。

铜陵一宿

导读：皖南小城，夜色，小旅馆，一个美丽的手不释卷的女孩……是这篇散文的美好元素。

铜陵站到了。车门一开，一股声浪扑递上来。

“同志，住旅馆噢?”

“上等旅馆，服务周到……”

“三人一室，便宜得很。”

“师傅……”

高的、矮的、胖的、瘦的、红衣服的、白围裙的……一色女的，嗓子甜得不能再甜，脸上笑堆得不能再堆。一手举块牌儿，一手便来扯你的衣角，提你的行李。很少走出校门的我，和朋友艰难地在人群里向前挪，打仗似的摆脱了纠缠，来到街道边，喘气。

“外边果然是这么回事，乱拉客。”朋友一副惊慌失措的样子，“那些女的涂脂抹粉，鬼知道开什么黑店。现在的个体户!”

“哪儿都是一样，见多了，”我仗着比朋友多见了点世面，用了满不在乎的语气，但心里还是有点虚，一些拐钱撬箱、黑店暗娼类的传闻呼啦啦涌入脑海。借微弱的路灯一看表，已近十一点。离第二天早晨不过剩下五六个小时，就铁了心按在车上与朋友商定的计划，随便在城市的一角蜷上一宿，省钱又少麻烦。明儿一早赶了汽车往黄山，万事大吉。

朋友绝对赞成。他比我胆小。

我们在十字街心漫无目的地转悠，思量着选择一个方向，找一个栖身之角。关于这座皖南城市，只从地理书上得知是个铜矿产地，其他毫无概念。城市的面孔罩在夜色里，陌生且神秘，谁知道它会用怎样的方式捉弄两个路过的年轻学生呢?

"往哪儿走?"朋友站住，茫然地问。

我也不知道。我将手提箱撂在地上，甩甩酸痛的手臂，很自然一个呵欠跑出来，浑身困得直往下瘫。

"同志……"

我忽然听到背后一个似乎有些迟疑的声音。转身一看，心里微微一惊，不知何时身后冒出一个姑娘，连衣裙的一角在夜风里飘飞着。

"江南旅馆……住不住?"她扬扬手中的硬纸牌。朋友在身后揪了一下我的衣角，"羊见狼"般紧张。我没动，也不语。

"你们……"她还是迟疑的语气，"总不能露宿吧。我们旅馆很近，也很便宜的……就是条件差点。可总比蹲在外边强点。"

我看到她牙很白地闪了一下，大概是笑了，很轻。我忽然被她最后一句的坦诚弄得有点意外，又有点动摇了。

“那么，汽车站离你们旅社多远？”我问。

“一里路左右，向东再向北拐。”

“是不是沿这条街走？”我向前指了指，问她。她的牙又是一闪亮，这回“嗤”一下笑出了声。

“这是西，不是北。你一定搞不清方向了。”

我窘迫得很，提起箱子说：“我们住了。”她想过来帮我提行李，我没让。“那我就不客气了，我也累死了。”她这么说，走在前边，带路。身上飘散着一丝香皂味儿。穿过一条街坊，进了一个巷子，路高低不平，巷子黯黑幽深。她一边提醒我们注意脚下，一边偶尔问两句。

“江苏人？出差？”

“江苏人。参加一个笔会。”

“作家吗？”她回头望了一眼。

“不，有这么年轻的作家吗？穷学生。”我这样说，也是暗示她：不管你是好人坏人，别指望从我们身上捞油水。

这家私人旅馆其实是一个大杂院，四周是高高低低的房子。全住满了。姑娘一进院便把我们交给了一个老头。老头子一脸讨好的笑：“实在对不起，小师傅，都满了。就住到我们自家屋里，怎样？”他把我们领进一间正堂，就忙乎着摊一张折叠床。那姑娘端一个托盘进来，里边是两碗面条。亏她想得周到，我们还真是饿极了。

我们吃面条时，她就坐在一旁，捧一本书看，大概很快就沉到琼瑶或岑凯伦什么的里边去了。我这才借明亮的灯光打量了她一眼，发现她年轻得很，完全是个中学生模样。我心中的警戒完全消除。老头进来，见我们吃得满头大汗，就递过两把芭蕉扇。姑娘站起来，“啪”一下拧开墙上的开关。我们这才发觉头顶上有吊扇。老头子嘿嘿一尴尬，朝姑娘瞪了一眼。

“回自己房间去睡，整天看书，啥用?”

姑娘不理他，继续看书。待会儿抬头对我们说：“你们洗一下，就睡到我房里吧，我在这儿看一夜书，换一下，这儿不能睡，没蚊帐。明早我领你俩去车站赶去黄山的早班车。”

我很不过意。怎么能睡到她的房间呢？但又推辞不得，只好进去。她的房间很漂亮，像影视片里常见的个体户房间的那种富丽。只是房里竟然有个书架，塞满了中学生复习资料，和一些杂书，其中还有几本诗集。我们无心关注这些，实在是困倦，草草洗了一下，便在那张淡香味儿的床上睡去。模糊中听得外间姑娘与她父亲拌了会儿嘴，便什么也不知道了。

不知什么时候，我们被老头子叫醒。一看表，五点整。“六点一刻的车，快点呀。”姑娘的声音在外间响。我们慌忙收拾，脸也不洗，就跟着她动身。老头子追到院门，说：“你们还没结账呢。”

我们恍然，忙掏口袋。姑娘嚷道：“边走边掏了，我算。来不及。”甩下老头子便带我们走。她递过来一张发票，我看了一下，不相信自己的眼睛："六元钱?"

"嫌贵?"

"不是不是!"我说，"我们两个人，而且吃了面条来着……"

"算了。"她说，"怪不得听说江苏人斤斤计较。你们是穷学生……当然，依了我爸，你们至少每人10元。"

我们给了钱，她不再吭声。山城的路坑坑洼洼，一个拐一个弯。天还没发亮，路灯橘黄的光把她的身影揉上了一层粉红。我不禁想起她灯下一副中学生的单薄模样，起早带黑地为我们领路，令我们着实心里负疚；同时，暗暗惋惜：她该是坐在一间教室里，或骄傲地踏行在鲜花杂拥的校园之路上呀，这个年龄。

我们终于赶上早班车。分手时，我诚心诚意地说："真不知道怎样谢你。"

她又笑了，不过，很勉强。忽然，她双手抓住候车处的扶栏，头一扬，正视着我们，眼睛里一闪一烁地亮，一口气说了一大串话：

"其实，我做这种好事也就这么一次……我羡慕你们，幸运儿。我是今年高考落榜生。"我的心里一颤，不禁极认真地用了一种自己也意想不到的目光看着她。

"我真想出去，像你们一样走走，但我走不掉。"她开始语无伦次，"落榜前，我做了许多梦，第一个就是出去走走，先看看黄山……你们可能不相信，我居然没去过本地方这个名胜地，我一直泡在书里，想象着考取后，那会儿观光也不迟……可我落榜了。

“我父亲，还有我哥嫂高兴极了，说回来正好，大学管什么用？能挣大钱吗？他们说安心开旅馆吧，正需要一个女孩到车站叫叫客……我不愿意，但没办法，怪自己笨鸟飞不出去，就这样憋着气每天来回于车站和家……”

我一时不知道如何对她说，说怎样的话。只呆呆地望着她那双湿亮的眼。我被上车的人流推到车上，她还站在入口处。车开动了，我急忙推开玻璃。我向她挥挥手，大声说：“你要再考一年，能成功！我们会寄资料给你的！”

她的身影渐渐远了，这个城市渐渐远了。朋友沉默了一会儿，说：“你连人家的姓名、详细地址也没问清，怎么寄？”

我怔怔地望着车站的方向，城市的轮廓清晰起来，又模糊过去。无论如何，这一宿都不能排除我在离开这座普通小城市时的无端感慨。

静悄悄的流浪

导读：流浪不是出走，流浪是青春情愁的一种放行。因为，流浪不是为了解脱，为了逃避，而是为了美好的寻觅。

秋天的落叶开始出现在南京的街巷。我站在南京大学教学区与生活区之间的汉口路，倾听南京大学作家班学员南江的叙说。南江是一个武汉来的青年诗人，头发蓬乱，脸庞瘦削，声音羸弱，语调低沉。他在向我叙说中学时代他读过海南一个少年作家的小说，那是一个少年与他的姐姐相依为命的故事。有一个细节说，少年偶然看见省吃俭用、拼命工作为弟弟挣学费的姐姐，一条属于女人最私密的美丽内裤上，赫然有两个精致的补丁。但那毕竟是补丁啊！诗人南江说自己有类似的经历，那时他逃了出来，决定摆脱亲人辛苦的爱，一个人出来流浪，寻找一个自强的自我。

秋天的风，吹在我这个大一男生的头发上。汉口路的梧桐，落叶潇潇，为南江眼睛里闪烁的眼泪，营造出自然的氛围。

我听完了南江的故事，回到了自己的宿舍。在床边坐到半宿，便开始收拾自己简单的行装。一个双肩背包，几件换洗衣服，一叠自视为伟大作品的手稿。第二天，我穿着一条米色的长裤，一双高帮的白色运动鞋，从中央门长途汽车站，登上了开往淮南的长途汽车。

我在车上读淮南少年诗人李的信。在信中，这个被著名诗人臧克家老人表扬过的少年对他的笔友说：晓波兄，来淮南吧，我在家里等你，我们共商编选出版一套校园诗人丛书的大计，臧克家先生已经答应为我们题写书名并写序。我的脑海中响起老人家的诗句：有的人死了，他还活着；有的人活着，他却死了……

汽车颠簸了大半天，我吃了三个茶叶蛋，喝了一瓶可乐，终于来到了淮南。走在淮南的大街上，见夕阳将街道照得透红。我边走边问，找到了小巷中的一幢平房，叩开了李的家门。李看到我，眼睛里露出惊喜的光芒。他把我带到房子前的一间小屋，那是属于他自己的小小空间。我们坐在床上，谈论许多人，臧克家，北岛，顾城，刘梦琳，田晓菲，车前子，还有我们共同的熟人南江。

李给我看他父亲的著作。他的父亲是淮南文联的负责人，因为写诗，所以一家人许多年一直拥挤在三间平房里。李为他的诗人父亲骄傲，而诗人父亲因为儿子继承自己的“恶习”而恼火万分，撕儿子的诗稿，为儿子高考落榜而愤怒咆哮，对儿子那些写诗的小朋友一律反感……

这一夜，李没有敢把我引见给他的家人。他偷偷跑出去买了一打烧饼。我们盘腿坐在他的床上，吃烧饼，喝白开水，翻阅整理李征集过来的那些诗稿，兴奋地窃窃私语。小屋里飘荡着墨水和芝麻香，和我们天马行空的语句。

第二天一大早，我又吃下去两个烧饼。李送我去车站，并在我怀里塞进他小房间里唯一的宝贝：一头搪瓷的斗牛。我怀抱着牛，爬上了去安徽省城合肥的汽车。当我出现在合肥工业大学的宿舍，我中学同学阿崔对我的突然出现，惊喜不已。

我在合肥待了两天，阿崔没有询问我的来由。他带我在学校后门外的小店喝啤酒，到电影院观看了一部陈佩斯主演的所谓喜剧，以及一部马兰演的黄梅戏。白天，我们逛街，并去逍遥津。

逍遥津的秋天下起了迷蒙的小雨，把咫尺风景弄得迷蒙。杨柳侧垂在水中，将她身上的水珠随意甩落在池面。我们不断地交换位置，摆弄造型，彼此拍照。在池塘边的几棵枝叶繁茂的树间，我们还看到了一个在雨中痛苦抽泣的少女。我和崔远远地看着她专心致志地哭泣，看着雨珠顺着她的长发不断成为水的流淌，感到嘤嘤的哭声穿过厚重的雨幕后，依然残存的某种伤痛的情感。我们没有勇气上去抚慰同龄人，只是静静地站在雨中，望着她瘦削的肩膀，不停地颤动……

我忽然很想念我的大学，我的南京。秋风之后如果是秋雨，那些梧桐的落叶，就会变得金黄灿烂，激发出腐烂之前的光华。我想赶在它们死去之前，去亲手捡上一片，夹进我心爱的诗歌稿件里。我向同学辞行，崔让我捎带一条当地的名烟，给南京大学的一个同学拜。拜接到香烟时，一边抽一边笑骂崔。我不知道这笑和骂，是表达什么意思。从拜的宿舍出来，我就去南江的宿舍，把李送给我的斗牛送给他。并告诉这是李的一份牵挂。南江忧郁的脸上，绽开快乐的笑容。

后来知道，我的中学同学崔，正在追求拜的妹妹，也就弄懂了一个人笑着享受另一个人的问候，还要夹带几句骂的含义。而诗人南江的快乐，不限于快乐；我也懂得，是属于诗歌的阴郁失意专利之外的内涵。两种馈赠和受施者的心，我都可以猜测出来了。

走在汉口路上回自己的学校时，我就找了一片落叶，回去打开诗歌的本子，夹了进去。我想在诗稿里加上一首诗歌，比如题目就叫《流浪心，是落叶的形》。但我没有能写出宛如这个题目般伤感、美丽的诗歌来。快二十年过去了，落叶和那本诗稿早已经丢失，南江和李兄如今也不知在何方，拜离开人世也有些日子了。离开人世的还有一直爱着我们这些孩子的臧克家老人。好在，关于为诗歌而流浪的记忆，是不会轻易消失的。不会轻易消失的当然还有，臧老那些被我们烂熟于心的诗句。

你看你看那雨的脸

导读：青春的荣誉里有艰辛，青春的苦闷里有欣慰。

从艰辛与苦闷里出发，我在南京这个多阴雨的城市，开始了人生的旅程。

在我的记忆中，南京对异乡人的欢迎，总是秋雨绵绵的姿态。绵绵的雨使这个深色的城市，更加迷蒙，更加暧昧。

我第一次踏进这个城市，是作为南通市的中学生代表，来参加全省的作文大赛。我当时是一个作文比赛的老手。我为母校中学挣得过二十来个大大小小的作文竞赛奖。那一年，严重偏科的我，戴着文学早慧生的光环，被团中央的有关机构授予了“中华杰出少年”。我带着几乎是狂妄的自信，与来自全省的六百余名选手现场决赛。我抽题抽到了散文组，题目《门》。我在现场里不停喝水，吃面包。两个小时过去了，我看到太阳的影子越来越近。监考老师几次敲敲我的桌子，做善意的提醒：时间真的不多了，人家都快写完了。

沙沙的声音，分不清是风数树叶的动作，还是对手们的千笔奔腾。

在剩下的一个多小时里，我一口气写完了三千多字的《门》。流利的文句喷薄而出，仿佛没有经过大脑的思考和纸笔的摩擦。这篇后来全省夺冠（散文组）的文章，被收进了数十种文集。

我甩甩有些酸的胳膊，走出了比赛的大教室。

密密的雨丝，迎面拂在了我的脸上。来送考的我的班主任老师站在雨里，他的身旁多了一个人和一辆面包车。我迎着雨走过去，才发现那个人是我的二叔。

他阴沉着脸告诉我：你的父亲病很重，你立即回去。

我的手伸进裤兜，下意识地捏住里面的一封信。安徽文学院的作家、我的创作导师石见先生，推荐我去安徽大学，那里要办一个文学特长班。我对这样的机遇充满了向往。

我在雨中犹豫了好一会儿，然后，爬上了面包车。

车子在南京湿润的街面急驰。灰色的雨点被甩向车子的侧后方。

大家没有声音。在快到举世闻名的南京长江大桥时，班主任问了一句：怎么样，考得？

我说，应该行。

我把裤兜里的信函，用指头一点点地撕碎。到了江北，我把它们扔出去，看着我的特长班大学生希望，破碎在城市边缘的雨中。一个月后，我又来到了南京，年轻的副省长杨泳沂把一个金灿灿的奖杯发给了我，并用他的大手，疼爱地摩挲了一下我的头。

依然是雨天，我走出大会所在南山专家楼。我的班主任老师依然站在雨里，笑眯眯地看着我。我说，老师，你怎么不打雨伞。他答非所问，说：南师大中文系，要把你作为文学特长生录取。

南师大中文系，多么好的中文系啊。我抹着脸上的雨水，笑起来。我把手中的奖杯交给老师。老师说，对，对，荣誉属于学校，奖杯交给学校校史馆！

这一年九月，我在一个凌晨，独自背着一大堆生活用品，从家乡小镇车站爬上了开往南京的公交车。婶婶在窗口对我说：你爸爸病重，大家忙，也没有心情送你，你一个人到南京，好好学习，自己照顾自己，有事写信或者打电报。

汽车开出去个把小时，雨便下了起来。下午到了南京车站，没有找到接新生的校车，就随便爬上一辆开往鼓楼的公交车。再在鼓楼转3路车。上了3路车，售票员告诉我，坐反向了。不过，她说，3路绕城跑，同样能到目的地，就是要多兜半圈。

傍晚时分，我终于来到了我的大学。我的衣服湿透了，我的眼睛里不知是雨水还是泪水，模糊了视线。雨中的古典校园，高大茂密的梧桐夹拥着红墙绿檐黑瓦，在我新奇的穿透雨水或泪水的眼光前，挂起了一幅巨大的浓彩国画。被打湿的少年，如一滴雨，落在这幅国画的纸面里，落在南京亮给异乡人多雨的脸孔上。

麦当劳里的小乞童

导读：世界博大，即使你每天结识一个人，你能活到一百一十岁，你一生不过只能结识四万人。四万这个数字大吗？大，大的装满一个北京大学；四万这个数字，对六十亿全世界人数来说，大吗？不大，只能是沧海一粟。那么，抓紧有限的生命，珍惜无限的缘。善待每一个遇到和结识的人，送出一份关爱，地球多一份温暖。

我在大学执教的时候，通常会在下午上完两节课，去校门外边的麦当劳小坐片刻。就是在那儿，我认识了丁壮。

那是一个口干舌燥的夏日。我找了一个靠街的窗户边坐下，一杯可乐，一包薯条，一街顶着烈日奔走的忙碌人群，使我感到我在这个冷气充足的大厅里算是一个悠闲自在的“贵族”。可我的这份好心境很快被一个突如其来的“小乞丐”打破了。他什么时候进来并坐到我对面的，我并没有在意。他有一双大得出奇的眼睛，被脏兮兮的脸面包围着，非常热烈而有些怯意地盯住我和我可怜的一点食物。与我遇到的所有乞丐不一样，他既没有伸出手来要，也不说任何乞讨的话，只是定定地拿那双眼睛盯你。我与他僵持了一会儿，借此等待他有可能提出来的要求，但他的耐心比我似乎要大得多，一直向我保持着他的沉默和注视。我终于作出让步——当然还因为远处有一对老外开始向我们好奇地张望。

“小家伙，你很饿吗？”

“我想要一个汉堡，”他细声细气、似乎是无可奈何地说，“有杯可乐更好，要你这样的大杯。”

我起身去买。在半途想起手机还放在桌上，不禁稍稍担心了一下。好在回头的时候，发现小男孩和我的手机都在，心一松，脱口说了一句“谢谢”。他有点意外地望着我，我赶紧解释说，谢谢你帮我看住了手机。

小男孩开心了，嘻嘻地笑着，并伸出他那双乌黑的小手来接属于他的那一份食物。我挡了一下，命令他去洗手，他非常不情愿地去了。在他回来狼吞虎咽的当儿，我问他：“你为什么要跑到这种地方来要饭呢？”他的回答大出我的意料：“谁要饭了？是你请我吃的。”我赶紧纠正自己：“是是，是我请你的，但你还是没有回答我的问题呢。”他不假思索地说：“这儿干净，凉快，小姐不骂人。”我又是没想到他这样回答，同时告诉他，应该喊“阿姨”而不是“小姐”。他不再吭声，专心致志地享受汉堡的清香和可乐的凉爽。吃完了，用手胡乱地抹抹嘴，离开座位就往外走。我喊住他说，你还没有谢我呢。他扭头冲我做了鬼脸，就跑了。

我独自坐在那儿，想想这个小乞童，觉得他有点独特，有点机灵，有点诡，还有一点乞丐身上少见的自尊与“洋乎”，如果不是乞丐，怎么看他都是一个讨人喜欢的小毛头！这使我从他身上产生出一种强烈的惋惜来。好在并不需要“约请”，他总是在相同的时间出现在麦当劳，相对固定地成为我的“消费者”，我幻想这种格局也许会给孩子带来一点影响和变化。我努力跟他多聊天，得知他叫丁壮，并不似我们常在街头见到的那些小乞丐，不见爹娘没有处所四处流浪。他的父母在附近的菜场摆着一个流动的摊子，晚上则回到城边一块拆迁地上搭起的棚子里凑合；有时为了抢一个好的摊位，也有在菜场的屋檐下“混”一夜的。

作为我固定的“消费者”，丁壮“被迫”养成了饭前洗手的习惯，我发现他的小脸也越来越干净，能够透出些红润来。为了抓住我这个“客户”，我看得出他在言行上尽力不得罪我，或者可以说在讨好我。比如他说话时会停下手中迫不及待要干掉的“活儿”，静观一下我的反应；偶尔我有什么东西掉到地上，他立即帮我捡起来。我发现这孩子实在是一个很好的苗子，不设法帮他改变一下人生，也许就这样废掉了。

我问他，是你自己馋，还是爸爸妈妈不给你吃的，你才来这儿找吃的？

这话似乎使他很为难，他嘻嘻地笑着，来掩饰自己不愿回答及其可能带给问话人的不悦。我说算了，叔叔不管你这个，但叔叔有个条件，就是你以后尽量不要再向其他人要吃的，叔叔会给你零花钱。

他很高兴，一个劲儿点头。看来，孩子并不愿意成为一个“乞丐”，这使我的信心大增。过了一段时间，我见时机成熟了，就问他："你已经快八岁了吧，想不想上学？"这个问题似乎再次让他为难了。他不回答，也不拿眼瞧我，脸上更是没有一点表情。这次我不想放过他，于是又问了一遍。

"爸爸妈妈不回老家，"他说，"我们没有钱读书。"

我没有再问下去。几天后，我要求他带我去见他的爸爸妈妈。他不情愿地答应了。穿过上海路菜场杂乱无章的摊点，在菜场旁的一个垃圾成堆的小巷道口，我见到了小丁壮的父母，两个黑瘦的、操着淮北口音的乡下人。见了我和他儿子，两个人脸上什么表情都没有。我缺少跟这种人打交道的经验，就自顾自地介绍自己，又把要小孩上学的意图说了一遍。他们一直不与我对话，偶尔发出的声音，是对行人吆喝推销他们摊子里的豆腐。我有些火了，大声问他们听到我的话没有。男人这才掉过头，声音硬硬地说：没钱！

我有些耐不住性子了，"我是个老师，所以才管你们这种闲事，"我说，"丁壮很聪明，这样流落街头弄下去，将来连你们都不如，你们就让儿子当乞丐？"

在一边一声不吭的女人生气了，说："你站着说话不怕腰疼，我们挣点活命钱，还上学呢！"她边说边送给我一个不屑的表情，仿佛我的"恳求"太不知天高地厚，我这样的人太不懂事，简直在教唆孩子做什么坏事。于是我告诉他们，如果愿意把孩子送回去上学，我可以负担部分学费。两个人都不答我。我只好自讨没趣地走开了。

这件事之后，丁壮仿佛犯了错似的，每次在我面前都抬不起头来。我想这对孩子很不公平，就想方设法逗他。奇怪的是，他变得很卑怯，像一只藏在猫的视线里的受伤的老鼠。我就很认真地、一字一顿地对他说："丁壮，如果你想读书，叔叔可以资助你。"

秋天的时候，我要出差到连云港为一个成人教育班上课，就给了丁壮一百块钱。我让他这期间不要在麦当劳吃，因为这里的东西贵，可以找家干净的小店，一两块钱就能吃上热腾腾的大碗面或包子。他说谢谢叔叔，很开心地把钱藏在口袋里，蹦蹦跳跳地走了。可是两个星期我回来后，一连好多天都不见丁壮到麦当劳来找我。我想他应该知道我回来了，会在老时间老地点等他；再说，一百块钱再精打细算也抵挡不到今天。于是，我又来到菜场。丁壮的父母依然在那里，只是丁壮本人不见了。我向他们打听，他们很不友好地说，不知道他野到哪儿去了。我一再追问，最后似乎在向他们求情了，他们才告诉我，不晓得丁壮从哪儿弄了点钱，一个人偷偷乘车回老家去了。我迫不及待地问："上学了吗？"

"上了，"男人几乎是恨恨地说，"这个小贼娃，作他娘的个穷！"

我抑制不住心中一阵狂喜："是我惹的祸，是我惹的祸。"我这样一连声说着，不知道是道歉还是得意的。我掏出三百元钱和一张名片，塞在男人手中，对他说，这是丁壮本学期的学费，下学期来临，为了丁壮，别忘了给我打电话。

我骑着车就走了。我确实怕他们认为我有毛病，用那种我永远无法理解的、可怜而又令人生厌的麻木目光，盯着我。

得克萨斯的南艺

导读：艺术之美，在于它与青春之美的相通。激情，不安，创造，青春的元素就是艺术的本质。既然如此，我们的青春就不能甘于平庸，就不能堕于物质，就不能流于俗世。

浮想联翩，对青春真的也很好。当艺术融入我们的气质，我们青春的寿命，会在一生得到延长。当我们变得世故，当我们变得老态，我们渴望重新拾起的，还是艺术一样的青春。

青春是多么热爱艺术啊。当你不再青春的时候，稍一回眸，你看到青春的你，再寡淡也是浓烈的，再冷漠也是动情的。

南京艺术学院这样的字眼，对我们每个人都是有吸引力的。我在少年时代无数次用心模拟过这样的幸福：你热爱艺术，但是为了高考你得把她藏在教科书下，藏在你最内心不干扰脑神经的角落。艺术像背叛你家族和邻里，惟独不背叛你的亲戚，你爱她但你不能把她带到阳光下。但有一天你是一个艺术院校的学生了，你可以穿艺术吃艺术说艺术拥抱艺术，越艺术你就越阳光。

我有个中学同学，出身的家庭不艺术，取的名字不艺术，长相穿着不艺术，偏偏考上了南京艺术学院。同学一见面，他就跟你谈凡高谈米开朗琪罗，谈世界油画的惊人价格。“亿元的起步!”他随便伸出几个指头，在空中划了一下。他动作的那个潇洒劲儿，不亚于毛主席站在高高的天安门上挥手的定格。何况，亿元是个多大的数字啊，一个万元户是暴富代名词的时代！他让我嫉妒，让我感到越来越弱势的文学，终究不够艺术的自卑。

许多周末，我去找我的同学，在南艺的食堂，吃一顿艺术的饭。同学说，你现在看你身边的人都很不起眼的，这是你看到的；你看不到的部分是艺术，是未来的名垂青史，是人类智慧与才情的彪炳辉煌，是创造亿元价值的伟大艺术家，说不定就是他们中的谁谁谁。同学随便指指那些啃大排和小排的人。我的心立即感到一些虚弱，被伟大之气包围的压抑，马上使我不知不觉地放慢了庸俗的吃饭步伐。

走在南艺的校园小道上，你碰到的是画架，是挂在脖子上的大块头相机，是牛仔衣上被颜料污染而不屑被洗去的肮脏，是背着小提琴的高傲的马尾巴，还有男的长发和女的短发。一些被师道规范在外的东西，几乎全都集中在你的视线里。

不知什么时候起，同学开始留起了胡子。他用七元钱的昂贵刀片，每天坚持在面庞上刮剃。他说，越刮越旺。他形容那是油画的画刀，刮着刮着就会刮出一张油画一样气质的脸来。我看到同学的脸，渐渐出现了艺术化浓郁胡须的色调。

我们在校园里走，谈艺术，在乌烟瘴气的宿舍里学着用深沉的姿势抽烟，为民族文化的发展做愁苦的叹息。当然，更多的时候，是听同学谈他咫尺内画过的女模特。不学艺术，我们那个时代的大学生，除非耍流氓钻进女浴室，那是万万不可能见到女人的裸体。我翻看同学的一本教科书，发现有张玉良女士的自画像，全裸，但丑得实在让我失望。我中学时就读过这位传奇女画家的自传，想象妓女之身与艺术家之心结合出来的尤物，是多么的美丽疯狂无比啊！

我的沮丧使同学很生气。他说：实际上，美不在于客体而在于主体，关键在于你的眼睛，浅薄的眼光看到的是浅薄，丑陋的眼望见的是丑陋，没有艺术的眼睛，看到的是纯肉体，像屠夫在肉案前指肥示瘦。

我经常在自己快接近屠夫的状态时，借故溜回了自己的校园，同宿舍的兄弟也是在谈女生，关于她们肥胖与瘦小，和那些肉应该长在哪些地方的学问。这些当然不是艺术。这是文学系的宿舍，隔着衣服和文字，未来的作家编辑记者或古文献整理工作者去变相宣泄……

南艺的同学要提前离开南京。我猛然发觉他是两年的大专，该毕业了。送行的方式是一起吃一顿饭，在他的食堂里。我们没有说什么话。饭后，到学校的礼堂去看一部艺术片，名字叫《得克萨斯的巴黎》，好像是一个固执的艺术家气质的男人，在德州买了一块根本就不存在的地，后来离开儿子丢掉了美丽的老婆，变得一无所有的故事。最动人处应该是留在记忆里的那点电影细节：老婆成了陪聊女，男人装成聊客，隔着特殊玻璃看自己丢掉的美丽女人。那种玻璃前的女人是看不到男人的。但是，女人被玻璃后男人的沉默吓坏了。

“你没有谈兴？要不……”善良而美丽的女人迟疑地说，“我把衣服脱了……给你看。”

男人慌张地制止。

那些孤独的音乐，开始涨满了银幕，流淌到拥挤的南京艺术学院礼堂里。置身这种环境的我，忽然有些激动，眼角里流下了两滴泪。

这时，礼堂里有个莽撞的声音说：傻子，脱啊，不脱怎么画啊！

于是，音乐被蓬勃的笑声淹了下去。

滚动字幕的后面，那个胡子拉碴的男人，奋力地在荒漠上继续独行。除了德州的巴黎，他没有任何东西。他必须这样走下去。其实，也就是不存在的东西，才能成为你放弃不了的目标；或者说，你什么都没有了，你的不存在的目标才更突出了。

同学毕业回了老家南通，去一个职业学校教青春期的孩子画画。我站在南艺礼堂外跟他道别的话是：离开南艺，下面怎么办。他的回答是：回去，找个大屁股女人，像张玉良那样的，准能生个艺术天才，杀回来。

缺了同学这个媒介，我后来没有再去过南艺。不久，同学果然带着老婆来南京旅游。我陪他们在南师大的校园溜达。看到古典建筑和大草坪，同学的老婆要求拍照留念。她摆各种姿势的时候，我下意识地看到，她其实是一个很瘦弱的女子，跟张玉良完全不像。在明媚的日光下，小俩口跳跃着换位置取景拍照。看到这种情景，我竟然有些恍惚。后来迷惑了多少年，就是弄不清，恍惚个啥呢。

遭遇神圣

导读：我们那时代有笔友，现在有网友。他们是我们青春美好的构成元素。跨越时空的友谊，更能够长久不衰；搭载志趣的交往，更能够激荡人心。

“小四川”是我中学时代最有趣的一个笔友。那年冬天，我在《中学生文学》杂志上发表了一首名为《踏雪》的诗歌，写踏雪的浪漫和青春牵手的想象。这首诗歌不知怎么触到了不少读者的神经，不少同龄人给我写信，谈读后感想。来自四川武隆县的“小四川”程力的信跟一般读者说的不一样。赞赏语言里闪烁着机灵俏皮，同时有些尖刻的批评巧藏其中。我就回了一封信给他。她很快回信哈哈大笑着说：你受骗了，叫程力就应该是男孩子吗，告诉你，我是女孩，而且是姐妹四个中的一个，父母亲希望我是男孩子，所以取了这个名字啊。

一个有趣的女孩，在接下来的几年里，跟我通了十几封有趣的信。她在我的青春的空白里，填充了一点具有想象情感的友谊色彩。每次捏着她的信，你不可能不想象这些藏在纸中的语言，撕开后会掉出怎样的新奇。你一定是为她快乐的。你站在风中，浅浅的笑，猜测那些坏坏的词令，酝酿那些还击的语弹。

这样的情景后来被我写进散文《小四川》。大学一年级的时候，这篇文章获得当年的江苏省高校报刊优秀作品一等奖。文章同时被武汉大学主办的《写作》杂志，转载进了它有名的栏目《名家点评》。收到录用通知的时候，我很高兴：不仅因为《写作》杂志当时在高校中影响大，是各高校文学专业写作学的辅助读物，更因为编辑告诉我，这个栏目选择优秀大学生作品，请名家点评，提升大学生作家的影响。而我的散文，由著名作家、中学语文课文《百合花》的作者茹志鹃老师写评点。

茹志鹃，一个多么神圣的名字啊。《百合花》里的一些优美的句子，我几乎能倒背如流啊。许多报刊上刊登的她和女儿、也是著名作家的王安忆的照片，这对被那个时代崇拜羡慕的作家母女，一个文学妈妈，一个文学公主，笑得多么亲切，多么灿烂啊。

我期待着这本杂志早日出版。不久，我在学校的图书馆看到杂志上架了。坐在阅览室一个安静的角落，我几乎是带着加速的心跳，翻开墨香四溢的杂志的。十几年过去了，那个下午的心灵悸动的每一个细节，如今还新鲜地留在我的神经和肌理深处。我走出图书馆的大门时，耀眼的阳光几乎把我电昏，我脆弱的步履，在校园的空气中摇晃。茹志鹃，这个我盼望了很久在纸上相遇的文学妈妈，把《小四川》的文采赞扬了一通，然后很不客气地把《小四川》的作者批评了一通。她说：小作者用了不少笔墨，渲染自己受到读者崇拜以及拿到稿费通知单的兴奋，字里行间流露出写作功利主义的倾向。文学妈妈还在文章结尾处，代表老一辈无产阶级文学家，表达了对文学未来的深切担忧。

在我真正长大，和我们的时代逐步走向宽容的多元化之后，想到这里，我都忍不住笑起来。我那时却感到自己受了很大刺激。就像一个情圣，用最美好的期盼去苦追一个在眼睛里完美的王子。王子终于出现在她面前，但是王子吐着唾沫说：你长得凑合，但是品位太差。不仅如此，我还承担着有可能堕化未来文学的责任啊。我失望，委屈，羞愧，还有点气愤。我发表了一首小诗，有一个远方的女孩有感应，用她的俏皮给我带来快乐；我热爱文学，拿了一笔自己劳动的报酬，有些得意，这不是很美好的青春反应吗！怎么就成了功利主义呢，怎么就预示着我们会弄坏了文学的未来呢。

回到教室，我给茹志鹃写了一封信，想申辩一下自己的文学动机是纯洁的，并表达自己一定会为了社会主义美好文学事业，认真学习，端正思想，虚心向老作家看齐，努力上进，不辜负祖国的培养、老作家的期望等决心，并此致革命敬礼，云云。

这封信当然没有寄出，只是写完了，我的心情就轻松了许多。现在想想，我这孩子写这样的信，已经是心胸狭隘、境界不高的表现了。倘若再像现在的文学孩子韩寒他们这样，把这封其实是发泄不满，甚至有些反击动机的信寄出去，或者更有甚者，发表一下，“与茹志鹃、余秋雨老师商榷”，呵呵，也许，我真成了不知天高地厚的“小人”了！所以，比起韩寒们，我们那一代文学青年，长大后更懂得：大人们批评，一定有大人们的道理。在不同辈分之间，没有故作恶意的教育，只有难得高明的教育。

爱是云是莲又是蜜

导读:大学了,我们都要爱,但其实我们爱得很笨拙,爱得很天真。

十八的青春开始云集在同一片水土,朝朝夕夕,目光的交会,气息的融合,语言的对流,身体的碰撞……哪一样不令空气中情感发酵,加剧着浓度。

有一个女孩子名字叫云。她在图书馆被我们中文系的"星探"发现。这是刚进高校不久的我们,青春的烦躁找到的第一片栖歇之地。从此,图书馆的一个角落,变得十分拥挤。每天,那些去图书馆看书的,不断带来关于云的消息,当宿舍的灯光被大楼管理强行统一关闭后,云主题的新闻发布会正式发布:

云。

外文系啊外文系。

苏南女孩。

精致的辫子,躲藏在柔顺的发丛。

翘起的嘴角，活跃着两个细细的酒窝。

幸运的人，看到她目光里的笑。

不幸的人，中了她孤傲的一刀。

读外文原著，声音像水流漫在光滑的石卵。

吃大排，像唱歌，整齐的白牙哆啦嗦。

目前还没有男朋友。

最后一个信息，无疑最激动人心。校园的上空，或者说男生校园的上空，这片云越飘越高，越飘越高。直飘得每个人都要仰面，祈望她不要变雨，变雨不要落偏出自己火热的脸上。

后来，这片云终于飘走了，飘出了国。云的消息，也渐渐变得明朗：

云。

中学早恋的女生。

为了早她出国的男孩结束遥远的孤独。

认真学习，一年越过了英语六级。

云走了。校园的上空恢复了晴朗，不知道云在收拾行装的时候，有没有一些怯怯的信需要扔掉。不久，有人又发现了一个奇迹：能容纳数千人就餐的大食堂里，卖小排的师傅竟然是一个美丽的姑娘。信息的潮水再一次上岸：

莲。

无论在清澈还是污秽中的莲。

无论是弹着钢琴还是掌着菜勺的莲。

你的名字都应该叫莲。

来自山东异乡的莲。

漂浮过来的莲。

青春池塘里的莲。

无数男生开始控诉大排越来越小，惊叹小排越来越大。拥挤的大排窗口稀疏了，稀疏的大都是小女生；稀疏的小排窗口拥挤了，拥挤的大都是大男生。“星探”自告奋勇，继续挖掘莲姑娘的资料。

“山东日照人，打工妹妹。”一片欢呼声，一个兴奋的夜晚。

“中专毕业，学的是旅游。”一片欢呼声，有的人开始在楼道里用蹩脚的英文唱《My Son》。

“业余时间，打打毛衣，看看琼瑶。”一片雀跃，多好的小媳妇人选啊！有人开始描画与她结婚生子的浪漫不眠之夜。

大家快把小排吃得反胃的时候，不一样的消息才姗姗来也：山东姑娘名字有个莲的那个，抓勺子的胳膊圆润润的那个，在吵闹的食堂里需要你侧耳才能听到她说话的那个，你赖着多要一勺排骨汤她总是笑眯眯满足你的那个，你冲她多看几眼她的汗珠都透出脸红的那个，是长着大胡子的那个凶巴巴红案师傅的那个结婚已经两年了的二十二岁的那个。

所有小排都傻眼了。这回轮到大排那边的，对着我们哈哈大笑。我们也笑，可是我们笑得有些酸。我们愣头愣脑，十八二十只知道描画美好的目标。

三年过去了。云的雨涨高了太平洋，莲的花落下了果实。人与人不断地聚合，树与树交叉着拥抱。绿叶昭示着最初的梦想与勇敢，黄叶翻阅着我们的阅历，并继续孕育一部分未来。有一天，楼道里又是一阵骚动：交通银行在校园内开了一个小营业所，里面两个姑娘。有一个清瘦，温柔，爱笑，像走出名著的林妹妹。信息如下：

南京最美的名字：田蜜。

南京土生土长的女子。

大学金融专业刚刚毕业，妹妹一样的小姐姐。

爱吃糖，骑着一辆红色的小自行车。

充满着耐心，不管你是存一块，还是零碎的几百张凑成的一百。

娟秀的字，如同她的手指。

闪烁的眼睛，太亮而汪汪。

抿紧的小嘴，像随时预备着的恋爱中。

大家非常振奋，纷纷去新开张的营业所开户。回来对着崭新的存折，把“田蜜”的名字看了无数遍。还有几个可怜的数字，是她亲手填写的，抽象而又抽象，生动而又生动。

此次，有男生认为，不能错过机会。大家就集中智慧，在宿舍里草拟求爱信。一封语言恳切的千字信写好了。大家一片欢腾。最后，大家忽然想到：这封信该属于谁呢？于是，你推我一把，我推你一把，腼腆地闹，放纵地笑，神圣地祈祷，失去了自己的目标。

在大家离开学校，毕业各奔东西的前夕，写给银行小职员田蜜姐姐的求爱信发出了。落款是：全体坏男生。

日常里的感动

导读:做生活的有心人,发现平常人平常事中的人性美和细节美,并善于为此感动,你就不会抱怨日常的枯燥,不会对他人失望。

会在日常里感动,是一份做人应有的心意,也是一种重要的生活能力。

我的日常生活跟绝大多数人一样,平淡无奇;我的心浸润于平缓的世俗河流,它静静地匀速地跳动,很少能够掀起奇异的风浪。我曾在很长的一段时间里,怀疑自己的生活是不幸的死水;抑或自己的心天生迟钝,缺少冲动的热情。后来在生命的消耗和被现实的耐心调教中,我惊喜地发现了在自己的河流中,也时常碰撞出朵朵浪花,它们不惊涛骇浪,不夺目不喧哗,有的轻柔,有的细致,更多的甚至在不经意间。它们却使我的心盈满了感动,就要溢出或已经溢出些些许许的湿润,让我的生活渐渐不再枯乏。

有一阵子,每天下班回来,总是被正在烧饭或带小孩的母亲差出去,买一袋盐,一瓶醋,一袋小孩吃的零食之类。母亲不知怎么变得丢三落四，似乎总是在我回来的时候，想起一件需要急办的小跑腿，而她此时确实是走不开的。时间久了，有些异样的感觉：是不是母亲年纪大了，脑子和腿都变得懒散了？可不久发现，家里的油盐酱醋多得不能再多，盐有好多袋，醋有四五瓶，都被母亲藏在灶台下的柜子里。惊问这是为什么，妻插话：妈妈这是在设法让你运动运动呢，你没见自己整天坐机关，变得越来越懒、越来越胖啊？大悟之余，心中一阵阵感动。

初冬出差到上海，刚刚在宾馆住下，一位陌生的女士来访，手里提着一件新的棉衣。正疑惑不解，女士解释她是妻的老同学，姓什名谁在上海工作，两小时前接到老同学即妻的电话，电视上得知天将突变寒流南下，老公出差未带寒衣，此人平时一向不知寒暖将就过活，特托老同学帮忙代买棉衣一件并及时送到某某宾馆，钱日后补寄非常感谢，云云。听到这儿，大悟，打一个电话回去给妻，感激的话竟不知从何说起。

一把屎一把尿地拉扯的儿子一天天大着，出牙啦会走路啦学话啦，自主意识也日见其强。最明显的是，知道护着自己喜欢吃的零食，挖空心思你也别想从这小人儿嘴巴里“分享”到哪怕是一丁点东西。不禁慨叹：瞧吧瞧吧，人类的本性是自私的！忽一日，儿子从来访的小叔叔刚给他的一块“金帝”上下一半，抓在小手里举过头顶，蹒跚着绕过大沙发走向了我。那时候心里那个热啊，就好像一部花尽了心血的作品一朝面世，赢得的回报就是自己期望过、却又不敢奢望的如潮好评，意外又惊喜，不知道自己该怎样被儿子的举动所感动。

机关里的同事、五十多岁副处级调研员老王，一副为年轻人最不齿的典型“老机关”模样，一看就知道早已属于那种被无聊公务折磨得“性寡情淡”之流，一年四季一身土青布衣和从来不变的卑怯表情重复于陈旧的办公楼和我们漠然的视线里。唯一不同于他人的是，老王每天中午在食堂吃完饭后，不在办公室打牌睡觉，却独自匆匆回家再在下午上班前准时回来，好多年了，再热的夏天与再冷的冬天都是如此。有一天在电梯里忽然没话找话地问他，中午这么一会儿时间，为什么要回去呢？轻描淡写的回答差点使我感动得忘记走出电梯：老母亲七十多了，爱唠叨，每天中午回去听她唠叨一会儿，她习惯了这样，看到我她快活呢。

一对小夫妻用三轮车拖着一个煎饼摊子，准备在夜市开业时间到来时，冲进去抢一个设摊的地盘——每晚七点这条街开放，允许下岗工人或无业人员在此做小生意，挣点养家糊口钱，因而每天傍晚这里就有大量“三轮车”排队等候入场，稍一迟疑就没有地盘了。正在这时候，小夫妻发现他们的车胎没气了，而七点逼近，庞大的三轮车队伍蠢蠢欲动。妻子急得要哭，他们的车夹在车群中难以动弹，小俩口互相抱怨着，并大吵起来。修车摊主是一个四十来岁的中年人，放下手中的活儿，提着气筒过去就蹲下身子，三下五除二为他们的三轮车充满了气，完了刚好赶上七点的队伍大出发。小夫妻连忙掏钱，修车的却顺手一推，把三轮车推进了启动了的队伍，挥挥手说，别傻了，耽搁了还做得成生意么今晚?! 十几分钟后,那位妻子跑回来了,告诉修车师傅已经“抢到”了一个很好的摊位,她还用方便袋提着几个香气腾腾的萝卜丝饼,让师傅尝尝。她红着脸说,他们俩两个月前下岗才学做,手生,味道一定不好。师傅尝了一口那饼说,已经很不错了,我刚下来时学修车,头两月还修坏了人家几辆车,倒贴进几百块。说完,他们憨憨地笑着。这一幕被正在此等候修车的我全看在眼里,一种特别的怜爱一点一滴地产生,从他们身边散发,向我的内心、向灯光闪烁看似繁华城市之夜渗了进来。那晚我骑着下岗师傅修好的车,又特意找到那对下岗的小夫妻,买了两只萝卜丝饼,边骑车边吃边感动着他们的“感动”。

很喜欢南京青云巷口的一个西餐厅。一个偶然的机会带着儿子去用餐。在酒店小舞台上表演的歌手正在专心致志地演唱美国乡村音乐。中间有人写纸条递上去,说自己的朋友过生日。年近五十的歌手立即换了一首生日快乐歌。不同于刚才自我陶醉式的吟唱,他边快乐地唱歌,边不时地掉头看过生日的客人,脸上露出真诚的微笑。我一直以为他是一个老成阴郁的歌手,事实上,他的确是的,而且选择的歌曲都是那些缠绵悱恻的,他是一个看起来就知道饱经沧桑的老绅士,喜欢沉浸在自己的往事和这些往事构筑的氛围里。但是,当他得知别人需要一份快乐的祝福时,他那么善意地给予,毫不自恋地从自我中拔出来,为他人去营造一份不属于自己的快乐。整整一个晚上,他善良的微笑和热烈的眼神,让我和那个过生日的年轻人一起欣悦,感动。

其实，一颗善于发现、善于感动、懂得与他人呼应的心，它不是天生的，也不是永恒的，它要你在细细的生活里打造，在有心的交流中保持，在匆匆的流程中紧紧地携带着，不要忽略，不要健忘，经常回味，你的心就变得易动，你就能在再日常不过的日常里，与其他的心共享到生活的美妙。现在，我翻开并不是很长的过去，却见生活的长河里竟跳动着那么多的温情之花：离开大学校园后那年第一次回母校，巧遇一位白发苍苍的老师，上上下下打量了我半天，轻轻地替我掸去落在肩头的头皮屑，那一刻，我应该很感动；上大学时，有一天黄昏，我和几个同学发现，脾气急躁的写作老师，戴着他的深度眼镜，在中文系楼下路边，摸索着一辆接一辆地扶起被我们恶作剧搞倒在地的几排自行车，那一刻，我们应该很感动；高考结束，平时像个老夫子一样管束我们的政治老师，竟把我们几个调皮的男生喊到家里，为我们做饭陪我们通宵打牌，那一刻，我们应该很感动；我读初中的时候，母亲为了给我买一件看起来时髦的衣服，偷偷地去卖了血，穿上新衣的那一刻，我应该很感动；小学毕业，我小升初考试没考好，第一次发觉父亲有了乱乱的胡须，那一刻，我应该很感动；小时候，我和小伙伴打架，上衣钮扣被扯光，一位陌生的过路阿姨，从路边小店买来针线，蹲在路边一颗一颗地替我钉上，还为我唱着动听的儿歌，那一刻，我应该很感动……一刻又一刻，我、我们在应该感动的生活里感动着，在日常生活里，也有那么多感动的美好细节呀！

第二部分

你的一半你的爱

青春期佼佼——时尚少女的新世纪

导读：有人预言，21世纪是女人的天下，女老板、女官员、女工程师、女记者、女导演……女性将以特有的魅力与才智，以平等的机遇，以充满幻想的头脑，以热情浪漫的情智，在社会的各个领域成为佼佼者。她们就产生于今天的时尚少女，我们今天从这些少女身上，已初见大业成就的端倪。令人欣慰的是，今天，她们中的不少人已可喜地遥望着自己的位置和使命，并为之做着她们上辈人当年没有涉及过的努力，我们要用热忱的爱心和科学的灌溉施予这些破土拔尖的新芽，切不能以短浅的目光妄加藐视，或怠慢地痴等她们会自绽自放结出奇葩异果。

21世纪的太阳正从地平线上冉冉升起。

在这个辉煌的时刻，未来世界的眼睛正注视着我们这羽毛未丰的年轻一代，我们的一举一动都将决定着21世纪阳光所照耀着的平原、高山、城市和乡村。

21世纪对我们女性机会均等，我们完全可以发挥我们女性独特的优势，超越任何时代，超越伟大的男性，创造新世纪的辉煌前景！

——摘自一位女中学生的读书笔记

A. 把诗化为生活

——少女诗人燕琪的“公司”

我在一个重点中学参加他们的学生社团巡礼，跟一群意气风发的少年谈心。聊到理想这样的话题，我发觉他们对于理想的见解已很难统一。他们中有几位甚至不假思索地说：

“很多的时候，理想是个很实在的东西。”

我说，能不能把这句话说得具体明白一些。

他们说：“我们把理想落实到未来职业的选择上，这就有利于迫使我们及早地发掘自己身上的潜力，并确立一定的主方向进行努力。所以，从这两点出发，理想在我们头脑中都不是虚远的东西，而是多色彩多方位的具体努力点了。当然，这些具体化了的理想是从我们心中共存的、父祖辈们早就确立了的那个大理想派生出来的……”

这样说，是不是他们的“操之过急”？对十六七岁的他们而言，早早地将理想落实到一种职业方向上，其科学性究竟能达到几成？会不会使他们过早地消退少年应有的对未来对前景的多彩幻想和宏大追求？我把握不准。

我继续采访他们。其中，一七岁的女中学生诗人燕琪引起了我浓厚的兴趣。

对燕琪我并不陌生。她十一岁时就发表了儿童诗处女作，并在"六一"诗朗诵赛上得头奖。至此，已有六年诗龄，大大小小十多次获奖，是千万文学梦的少年中较为幸运的一位。两年前，我曾在一家中学生刊物举行的文学座谈会上见过她一次。当时她穿着一件鲜红的羊毛短衫，有些淘气地钻来钻去，要所有代表给她留下姓名和通讯地址，忙得满头是汗。我问她弄这么多通讯录去干什么。她说："我要开公司，多一个通讯处就多一个顾客呗！"大家都被她逗笑起来。

现在，燕琪就坐在人群中。这次可能是人大些了，比较安静，但两个大眼睛一直忙碌着在每个人的身上打量，不知道在寻求什么灵感。这次，她穿的不再是红羊毛衫，而是一件手工编织的宽松毛衣，样式很新颖，上面斜织了一排字母"TOMAKELIFEPOETIC"（把诗化为生活）。

我问她："燕琪，你怎么不谈谈你心中的理想，做未来的冰心、铁凝，大概不会有疑问吧？"她笑笑，然后诡秘地在我耳边说："我正忙着呢，而且我现在回答你，你会大吃一惊！星期日到我家谈，顺便参观我的'公司'！"

她的笔记本上画满了服饰人像，真是个奇怪的女孩！

星期日，我叩开了她的家门。她带我参观她的"公司"，其实就是她的小房间。这可一点不像是个小诗人的房间。墙壁上贴满了明星照、时装模特画，有许多是出自她的手笔。她还在画旁配了许多题诗。写字台旁有一张方桌，方桌上堆了一些五彩缤纷的布料，方桌前还有一台缝纫机。书橱被一条铅丝上挂满的服装遮去了一大半，里边塞满了课本、大量文学书籍以及不少时装画册、色彩学著作。

她开始侃侃而谈，她说：按照一般人的推想，还有老师家长的愿望，她理所当然要立志成为未来的冰心、铁凝，写大量的诗篇，歌颂生活，歌颂人类，甚至获取诺贝尔奖金，为祖国争光。她从小也有这个愿望。但是这两年，她发觉客观条件开始限制她在这方面有很大发展的可能。她仔细把以前发表的诗作拿起来读读，发觉自己的诗路很窄，而且是纯主观想象的，靠了一点天分和灵气，且这份灵气正随着年龄的增长、理性的增强而衰退。总的缘由是她从小养尊处优，太顺利太幸福，因而缺少一些深刻的生活体验，诗就轻逸单纯，将来难免空洞，一旦在这条路上失去前景，自己痛苦，还使爱护她的人们失望。另外，她很爱美，写诗，是一种精神美的表达，她觉得自己始终在寻求着一种更实际的表达方式，从小爱打扮得漂漂亮亮大概是这种表达方式的雏形。有一次，她随妈妈观看市服装公司时装模特队的表演，一下子被吸引得如痴如醉。在音乐、旁白、服装、灯光等的变换中，她的脑海里跳荡着色彩线、几何面、优美的诗歌意象，旋即，心中豁然开朗，有了！

"你的意思是……"说到这儿，我插问。

燕琪做了一个旋转的动作，她仰望着天花板说：

"您想一想，一个女诗人又是女时装师，这是多么美妙的结合体！"

我恍然大悟。怪不得小房间给她弄得像个“微型时装公司”。

“接着我开始做些努力。”她说：“我知道一是不能放松学习，这是文化基础，尤其是语文、美术和几何等功课，我一直力争冒尖。二是继续读诗写诗，通过它，我培养自己想象力的旺盛、颜色感受力的敏锐和情操的美好。第三点就是着手学服装设计。先是用彩纸代布，后来妈妈理解了我，就为我买了缝纫机和剪刀等，我自己把稿费和零花钱攒起来，买参考书和布料，像模像样地动了真。您不知道这是件多么令人兴奋的事，每次读完或写出一组诗，头脑中的色彩和图形便成了一个整体，于是乘兴头上画出草图，把头脑中的形象嫁接到现实中来，看得见、摸得着！”

我被她说得有些兴奋了。

她拉开抽屉，拿出一叠彩稿；又打开电脑，让我看她的照片夹。告诉我：“这是前不久我参加市学生课外活动成果展上送的作品，三套少女青春服，适合中学生穿的那一种。得了奖，我高兴的劲儿一点不减当年得诗歌头奖的劲头。你瞧，这是我和两个女友穿着这几套衣服参展拍下的照片。”

几套衣服色调和组接果然是别具一番风采，三个少女穿着，诗一样的美。她站在中间，自信的微笑绽放着。我望着眼前她毛衣上的字母，便想起了许多诗句、许多生活，许多聪颖慧悟的女孩男孩……

B. 心系广阔田野

——少女记者王玲的视点

电台广播了一则消息，说中学生王玲给市长写了一封信，反映学校遭受邻近酒厂气味污染久不解决的情况，引起了市长高度重视，问题很快得到解决。

当代中学生的勇气大得惊人，给县长、市长、省长、文学大师、国家领导甚至外国总统写信提要求谈建议的已不是新鲜事。从小布什、奥巴马到潘基文，进入21世纪的美国总统和联合国掌门人，几乎都亲自给热情洋溢的中国少年儿童"小信友"回信，解答他们提出的关于国家、关于世界、关于环境和关于未来的尖锐问题。这些年轻的时代骄子，言行跨度远远超出先辈，等级观念淡薄，主人公意识增强，没有那种传统的矜持和谨慎。人们也越来越重视他们的意见，因为他们常常出奇地登上长辈的肩膀，发觉一些长辈们未必能发觉的东西。

我采访王玲时，夸奖她此举的勇气和意义，这位担任中学记者团团长的小姑娘却果断地打断我的话，说："这件事没有什么，很平常，任何一个崇尚记者职业的有心人都会做到，况且酒厂的气味太熏人，涉及我们自身的健康——我们怕时间长了会被熏成酒鬼！"

王玲不像她的名字那样秀气，讲话清脆而风趣。她说她佩服北京的一些中学生通讯社的记者们，他们参与了校内外很多事，同时利用北京举办国际性盛会机会多的条件，介入大型宣传活动，很容易把影响从首都扩展到全国甚至全世界。所以她仿效他们在学校组织了一个记者团，为这个日益开放的地方城市，寻思着做点什么。但她没有走他们的老路子。王玲说：北京学通社的记者们大多还是盯“热点”，比如，多瞄着中学生名人，设法追踪国内外名人艺星，有其意义，但大家都跟着这么做就不好。王玲和她的记者团决心关心普通人和那些被人遗忘的角落。

王玲担任记者团团长后的第一个春天，有一次听在第二人民医院工作的妈妈回来说，医院里住进一个来自北方农村的女中学生，被烧伤需要动大手术。女孩由她的妈妈陪着，家乡政府和乡亲捐赠的钱已花完，大手术的医疗费尚无着落，母女俩面对大城市陌生的茫茫人海，手足无措，很是可怜。王玲便跑过去看望那对母女，见那个女孩身上大面积烧伤，脸上只有两个乌黑的瞳仁里流淌出昔日的聪颖和秀丽来。王玲心里很难过，一面叫母亲利用职业之便多多照顾女孩，一面到校跟记者团的同学们商量办法。最后，记者团征得校领导同意，开展了“省出几毛零花钱，救援农村小妹妹”的募捐活动。他们还给社会、给病人家乡政府写信，感动了不少人，很快凑足了医疗费。记者团的成员们获悉那位女孩治愈的消息时，都高兴得流了泪。王玲说：

“那种幸福远不是采访一两个名人所能体验到的！”

王玲的眼光很“怪”。自那件事后，她便始终盯着农村的同龄人。她跟一个较偏僻的淮北农村中学取得联系，建立了友谊班，并让记者团的每个成员交一两个农村朋友，经常通信联系，听取彼此的心声，获取不同世界的同龄人身上难能可贵的东西。比之于城市，农村学生的条件要艰苦些，记者团的同学们就做一些力所能及的事帮助他们，如购买书刊资料等寄给他们。农村学生的勤奋、坚韧、质朴也感染了小记者们，他们从中得到了精神的营养和写作的素材。

前年暑假，记者团跟友谊班安排了一次“走亲”活动。王玲让友谊班进城参观，后又带记者团随友谊班乘车下乡。好多成员是第一次到农村，书画中所描绘的广阔碧绿的田野、弯曲清澈的河流、遥远美丽的小村庄一下子走进现实。他们激动万分，更加坚定了对祖国农村的热爱和对农村同龄朋友的友情。在农村的几天，王玲始终观察着、思考着。开学后，她便出人意料地抛出好几篇文章。一篇是呼吁文艺界关心农村孩子精神世界的杂谈，在晚报上发表；一篇是关于农村计划生育和“黑孩”(偷生胎，无户口)的调查报告，作为中学生暑期调查报告征文交给了学校。后来贴在了学校的网站上，又被教育局的网站转帖，引起了广泛的注意。

中学生写计划生育？而且是个城市女孩？王玲头一扬，她不在乎那些陈旧的闲言。她爱农村，关心农村的现实和未来，顾不了那么多无聊的碎语。最近，王玲又走街串巷，调查并写作了一篇万字报告《留城民工子女的教育问题》，并将这篇文章拷进她的个人网站，通过电子信箱发给市长和国家民委主任、国家教育部新上任的部长。

她还准备与专家一起提出对策，供有关领导解决这个问题时作参考，同时寄给联合国教科文组织，以引起国际社会的重视……

王玲出身于一个幸福的书香门第，爸爸是文化系统的行政干部，妈妈是医师。走出家门是宽阔的街道、汽车流和商业林；走进校门是高大的教学楼、现代化的教学设施。面对着霓虹灯越来越色彩纷纭的城市之光，她的眼睛里却映现着她生长环境之外的田野和那些田埂上扬起书包赤足飞奔的同龄人……

C. 我有我的一半

——少女"老班"韦彤的一天

十七岁的韦彤是南通地区一所重点中学的高二文科学生。与这个时代这个年龄绝大多数中学生一样，每天的每天，她过着看似平淡实则惴惴不安的日子。

所不同的是，她是同龄人的"头儿"，担任着所在班的班长职务，衣着举止里似多了几分透着身份的明丽和才干。

她有一双笑眯眯的眼睛，一张有些现代味而偏大的嘴。言谈之间，她的表情非常生动，这使得我跟她会面不久，就有了老朋友般的自如。而且，她长得太像她的妈妈。她妈妈在南京一家报刊社任编辑，我很熟识，正是通过她的介绍我才认识了韦彤并对之发生兴趣。

终于找到这个机会来到她家，跟她聊聊的。我边在电脑上翻着她的影集，边说明来意。我的意思是让她谈一谈，作为一个女学生干部，她自认为最不同一般的某一天的生活。

她的妈妈插话说："韦彤呀，干部油子，从小学到中学，官运亨通，不是班长就是团支书。不要说一天，十天百天的不同一般，也说得出。"

韦彤一听，半撒娇半认真地把妈妈"撵"出了房间，不让她参与我们的谈话。

韦彤平静了一下，说："一天？好像每一天都那么个样，上学放学，好像每一天又不那个样，有些什么不同……"说着她自己先"嗤"地笑了一声，站起来说："老师你一定不喜欢这样模糊不清的表达。好，不逗你，我把它落到实处。"她开始翻写字台抽屉，并拿出了两本厚厚的日记簿，翻了一会儿，在其中的一本中间停下来，看了一遍，沉思片刻，又看了一遍后，似乎漫不经心地把那几页前后翻来翻去。我瞥见页首上写着：四月二十五日，星期六，晴。

就这一天吧。她说。她放下日记本，眼睛盯着悬在半空中的一盆吊兰。"就报这一天的流水账吧。"她说。又开始笑眯眯的样子。

她叙说了起来：

"那天醒得特早。要是平时，醒了也要在床上赖个把时辰，等爸爸来叫。可那天是礼拜六，爸爸和妈妈的'七月七'，妈妈每两周才回家一次，两天，两个礼拜并一块儿过，从南京顺水下来，坐一夜船，累得够呛。

一大早，怎能叫醒他们侍候我？平时呀？平时我可不客气，我这人懒，爸爸不把早饭弄到桌上，再叫三遍，推土机也推不动我。

我就蹑手蹑脚地穿过客厅，到厨房里开煤气炉，弄了两只鸡蛋，又泡了一杯咖啡。嗨，我喜欢咖啡。老妈说，女孩子，少喝点有刺激性的饮品。我觉得咖啡不能叫刺激性饮品，要是男孩子，就可以喝刺激性的饮品？好了，然后我边洗漱，边背英语单词。洗漱间大镜子上方我打上了一根钉，每天从英汉小词典上撕一页挂在上面，一目了然，至少一天能过三次目，到晚上就可以另换一张。这法子灵。你可以回去教你小妹妹仿效，嘻，我不收你的专利费。

我在客厅吃早饭时，妈妈在房间里叫，彤彤，要妈妈起来帮忙吗？我说，得，mami，你两礼拜才回来一次，是个'客人'。哪有客人侍候主人的？妈妈在房间里笑了。我想象得出来，那笑里面有些许的辛酸，更多些许的甜。我是个独生女，独生女的通病呗，娇惯，从小连洗脚都是爸妈帮忙，直到读到初中毕业，'脚'才独立了出来，可'嘴'没有独立，一日三餐可从来不沾手。高一那年冬天，也是一个星期六早上，我听到爸妈在房间里争着要起来为我做早饭。我忽然觉得，妈妈很晚才从南京赶到家，心里便难过起来，不知道咋弄的，那一顿早饭吃着吃着便落了泪，边落泪边说，妈妈，您教我做饭的手艺吧。妈妈惊诧地望着我，眼睛亮亮的。从此，每逢妈妈回家的那个星期六，我便自己起来侍候自己。你说什么？大了就懂事了？不，不是，我只局限在星期六早上，别笑。

我悄悄地下楼，骑着车往学校跑，凉爽的空气一吹，心里可舒服了。我这个人爱骑车，一骑车就觉得自己轻盈的要飘飞起来，还可以一路唱歌，吹口哨。会吹口哨吗？标准吗？你的水平赶不上我（韦彤说着就吹了两个，果然令我自卑）。我们班有男生说，韦彤，你太过分了，当了班头已经弄得班上阴盛阳衰了，如今又吹口哨抢男生的专利。我说，谁说是男生的专利？不错，有个世界口哨大王是男的，但听过女名人的口哨吗？奥斯卡影星朱迪·福斯特，全球大美人茱莉亚，她们的口哨你能比？还有希拉里·克林顿，她把口哨吹得全世界男人无从自负的时候，你小子还未出世呢！我那是唬男生，编的！谁让他们有偏见呢，女的多争夺了一些金牌，体坛上就惊呼阴盛阳衰什么的；一个班是女孩牵头，就是阴气太盛了，什么老掉了牙的论调！想想看，情况反过来他们就觉得非常正常，怎么不惊呼'阳盛阴衰'、'阳气过盛'？

可惜那堂该死的早读课败了我的情绪，绝大部分同学在读英语，可历史老师来转了一下，许多同学慌忙用历史讲义盖住英语书。历史老师走了不到一刻钟，数学老师又来了。一来便不高兴，在讲台上把一叠厚厚的卷子扔下，教室里一下子死静。数学老师说，别忘了我的数学占一百二十分，别忘了星期六的晨读课是数学，以前跟第一堂数学课连一块儿考试，难道你们也边读英语边背历史？你们脑子里数学定理公式都滚瓜烂熟了是不是？怎么不回答？是不是要我报报上周你们考试的好成绩？

接下来开始报分数，从高分往低分报，同时让学生上讲台领自己的试卷，考差了，那可难堪。重点中学都这么干，大考小考公布名次。我是第四个上去的，接试卷时，老师用眼角瞟瞟我，说，我是不是老眼昏花弄错了？我们的班长把握十足带领全班读英语历史，数学早该满分吧。喏，我当时委屈得满心憋闷。你当过学生干部吗？一定知道别人联系你的职务，当面说你怎么怎么的滋味。其实，我的数学成绩一直在第五名左右，我们班有个姓阎的同学得过全国数学竞赛一等奖，还有两个同学三等奖，专长，我很少考过他们。我是班长，全班同学惹恼了老师，我当然是魁首。报到最后一名，是……对了，我得给他重取个名儿，免得你写文章给他带来麻烦，就叫乔文静吧，这名儿比他自己的名儿还像他。乔文静不肯上去拿卷子，数学老师重复了三遍，乔文静垂着头，满脸憋得通红，一动不动僵在那儿。

我就走上去，帮乔文静把卷子拿下来，数学老师又忍不住嘀咕了一句：班长做代表，像领集体奖似的，乔文静同学用不着学数学，他可以当'韩寒郭敬明'。有几个同学低声笑起来，乔文静的眼睛则一下子湿了。

你不明白这句话的意思？那是有一次乔文静上数学课的时候，在一张明信片上抄写了一段诗句，被数学老师发现后没收。当时一向内向的他为索回卡片竟跟数学老师吵了起来。从此师生关系陷入尴尬。乔文静的数学成绩也下降得很快，从中等偏上一直到下游。

试卷评讲一直持续到第一堂课下课。这中间我走了好几次神儿，我老想起乔文静接卷子时那双湿漉漉的眼睛。他的成绩下降得太快，难道仅仅是因为跟数学老师关系紧张吗？班主任老师似乎察觉到什么，曾向我索取小报告，而我对乔文静并不了解呀，除了课堂上抄诗的那一次，也找不到任何说明他成绩倒退的证据。况且我平时不可能整天去观察同学，做同学的工作，我有我的功课和私事。当然与自私不搭界儿。我首先是学生，其次是学生干部，你说对不对？临下课前，我就捉摸着怎样消除乔文静与数学老师的紧张，还有怎样消除早读课引起的不愉快。

我这个人，怪，在学校特别能忍耐，受了老师的气从不顶撞，班上有矛盾也能出面作'受气包'，咋样的麻烦事黏乎到身上，都能沉住气挺过来。你说是我的——美德？哪儿用得上这个词儿，我可不敢，也不是我的性格，真的！我在家里可凶可任性啦，不信你可以调查我妈，问我爸更准。有时候在学校里有委屈，在学校里憋累了，就回来发泄，瞎闹。老爸不止一次地取笑我，说我跟咱们楼上的杨伯伯一样，官痞子。在外面装得一本正经，又是心宽能忍又是一副荣辱不计的正经相，人模狗样的，到了家里是一点气也受不得，又拍桌子又打老婆的，一副痞相。爸爸妈妈叫他'官变态'，特损。我的毛病没那么严重，大言不惭，韦彤我在外面那副样子可不是装出来的，到了家的那副样子也不是装出来的，我说这些话的意思，只是让你明白，一个小丫头，在学校里是怎样刚刚受了老师的气，就要忍气吞声地去了解他，去解那烦人的师生矛盾。

一下课我便叭叭叭跟在数学老师后面跑出去，在教学楼下喊住他。那老头，火还烧得真旺，气呼呼地冲我说，你有什么事？我看到他那赌气样儿，不知怎么的便想起了‘老小孩’的说法，觉得特好玩，这么想着就笑出来。这一下可好，老头子一下子恼了，说韦彤我可没闲工夫跟你开玩笑。我一个月拿了党几千块钱劳力费，还要去为生计奔波呢。可他说完这句话自己眼圈儿也红了，唉，我们的老师都有股牢骚，但无奈，动不了真。我看出他的火气消得差不多了，就嬉皮笑脸地先为晨读的事道歉，并告诉他下周有个配合教学质量检测的英语全市统考，所以同学们晨读英语不是轻视数学，接下来我硬着头皮，开始发挥，擅自作了一些主张。

我说我跟班主任吴老师商量过，下周一下午活动课后的第三节自修课改为数学了，这下老头子高兴了，说是么，应该早些通知我。我趁热打铁，搬出乔文静的事，我说老师，乔文静掉队很多，想找您帮他补课，好几次了，又不敢，怕您为抄‘诗’的事而责怪他。您猜这老头子听后怎样说？他一下子就乐了，说，哪有老师生学生气的，叫乔文静同学尽管来找我。

我心里美滋滋的。事情很顺利，拔腿就往楼上跑。跑到教室门口，我才猛然感到了一些紧张。为什么？我说了两个谎呀，改课和补课可都是我临时想出来的主意，‘先斩后奏’，‘太上皇’不同意怎么办？后来还算好，改课的事很有趣，课间操时吴老师找我，叮嘱我把下周的卫生包干区弄好，争取第一。我说第一没问题，可您得答应我一个条件。吴老师惊奇，说啥条件？我说您得把下周一下午的自修课让给数学，他当时一听就沉不住气了，差点没跳起来，说那本是他语文课专用的。我便对他讲了乔文静和早自习的事，他一听无可奈何了，说小韦彤呀小韦彤，你怎么把我架空了，得了，谁让我是你们班主任呢，给数学就给数学吧。

我也说，得了，谁让我是班长呢。

乔文静那儿说得也顺，那天他趴在卷子上哭了，说实话，在了解他以前，我有些瞧不起他，男孩子咋活得这么窝囊的，可后来……"

讲到这里，韦彤的妈妈推门进来，送来一小篮新上市的枇杷，我们便不客气地吃了起来。韦彤吃的时候嘴咂得吧吧直响，妈妈便批评她老是改不了这个坏毛病，说女孩子应该文雅点，韦彤于是朝妈妈作了鬼脸，又把她给推出了门外。

"唔，这枇杷真甜……咱们接着说，我刚才讲到哪儿了？哦，说到乔文静了。那天中午放学回家，青年路拐弯向附属医院去的那儿，我碰到了乔文静，他停下喊我的名字，我很奇怪，问他跑这儿干吗。因为他回家不经过这条路。乔文静吞吞吐吐地说特地等我的，我更奇怪了，找我？有事吗？他说有。老实说，我这个人大方也大方，鬼也鬼得很，跟一个男生在马路上侃大山总不好，别人看到了那可不会分什么青红皂白，那影响……你不是孙云晓的朋友吗，他好多年前出版的《一个少女和三千封来信》读过吧？别以为只有那个年代的乡下男女生在一起才传出谣言，城里也多的是，现在还是这样，时代在变，观念在死撑着呢！不过性质有点不同，不是什么封建意识问题，而是让长辈们误以为有了那回事了，我们心理上受不了：谁年纪轻轻肯承认自个儿不求上进却一天到晚歪想那事儿？还有，同龄人也不是封建什么的，完完全全是寻开心，有的是锻炼一下想象力，也有捕风捉影无中生有坏你的名声，今儿偶尔再加一点儿醋，这些人就这么回事儿。所以我虽觉不礼貌，但下意识地自己还是装出一副急匆匆要走的样子，催问乔文静有什么事？

乔文静先是局促不安，那吐字就像咱们刚学英语会话，生涩，后来忽然有些激动，讲话也大了声，不一刻平静下来，也不看着我的脸，一个劲地玩自己的手关节，一个劲地说。说了很多，我的天，我愣得不轻。除了从电影、小说里，我还从未在生活中亲耳听一个男生讲这么多话。我起先还有点不耐烦，这么一个女孩子气的男孩！后来渐渐的被他感动起来，连自己也有点发傻了。

有时候自己想想，十七岁也真怪，老烦这世界，怎么这么没劲儿？每天都是老样子，每个人都争着要朝自己的脸上贴一张自己也不满意的平板的世界。可乔文静那天给了我一个突兀，怎么讲呢？可能有点像小说情节，这也是我挑中这一天讲给你听的缘故。当然如果是小说可能蹩脚平庸得很，可它是我亲自经历的一段生活，切切实实写在我的日记里，那感受和记忆，跟看小说不同，大不同的。

我复述不了乔文静的原话，也作不了口头描述，就简单说一下他话中的大意。他先是谢谢我，说长这么大还没有遇到一个人能这样来主动关心他，理解他。接着他说，告诉你几件事，你不要瞧不起我，我说我韦彤绝对不是那种狗眼看人的人，在这儿不比在学校，不是班长与普通同学关系，连同学关系都不是，是朋友，可以交心的朋友——说实话，我说了那些有点勉强，无非是标榜自己可以信任。他便说了，他的童年和升学经过，我几乎是听一句惊讶一句，没想到他是一个失去母亲的人，也没想到他是因为体育好加了四十分才进我们学校的——一点也看不出他的体育好在哪里。令人惊讶的是，他说他本学期已经给班上的谈素玲的电子信箱写了七封信，谈素玲回了两封，第一封和第七封，第一封是拒绝和他做朋友的答复，第七封是说你要我们做干兄妹是不是有点过分了，并说人的忍耐是有限度的，再收到类似的信将全部转发给班主任。他当时倍感沮丧，几次胡思乱想怎样虐待自个儿，惩罚自己，又想逃避，退了学躲得远远的，有两次晚自修一过，躲到大操场对面的环城河畔哭泣……

我当时……嗨，大概从来没有经历过这样的场景，我说不出当时自己的感觉，只是感到很奇妙，很异样，我问自己，乔文静怎么是这个样子？同在一室读书他已经发生了这么多事而大家一无所知？我从来没了解乔文静直到今天。我觉得人有点可怕，复杂，真有点小说中的那回事。一个班，看上去都是那个熟面孔，心却那么陌生，这样再去看大街上的行人，一下子冒出许多想法：说不定一个敦厚的男人现在正准备去抢一家银行——荒诞？是有点儿。

谈素玲是个高个子女孩，数理化都很好，被英语老师叫起来背单词的时候，声音咯咯嘣响，拗口得要命，其他人听了笑，她自己也边念边笑，被老师批评过好几次。她这个人跟男女生都不大交往，爱一个人干事，除了英语课上，其他时间很少被人注意，我实在弄不懂乔文静为什么偏要写信给她，而不是别人，如长得漂亮的朱卉，能干的团支书班妮，或文静忧郁的吴以婧。我正自个儿瞎想时，觉得时间不早了，又着急起来；我还没有弄清楚他告诉我这些话的意图呢，难道仅仅是出自信任而找个人吐露心扉？

乔文静问：你是不是笑话我。我矢口否认，一边在心里很紧张地盘算，如何解决这件事，不管乔文静出于什么样的意图告诉我，班上出了这样的事我都有责任，从校长到班主任到我们这样的班干部，最头痛这事。男女生同座的，一旦发现他们之间多讲了几句话，就赶紧调开。前年有个南京女孩到我校高三插班学习，那女生可能从没离家生活过，孤单，就跟班上一个男生交了朋友，一时间搞得满城风雨，学校里没有不知道的，连校食堂的厨师都一清二楚，愤愤然地谈论他们的轻薄。校里毫不容情地处分了他们，据说那男生的档案里从此背了个黑锅，高考时进了本科分数线，却被各所大学踢来踢去，最后不得不进了一家技术师范学院……从此，每学期的开学典礼上，他都被作为反面教材写进了校长的报告中。联系这些一想，我真是倒吸了一口凉气，我忽然感到，我知道了乔文静的这件事，我被他信任，我又作为他的班长，理所当然地陷入了一个很不轻松的境地。乔文静并不明确他要求我做些什么，他心绪不宁，我从他迟疑的语气和神态中猜测，他带了很是渺茫的希望急于想从我这儿得到点什么指点迷津的良方，同时又满怀游离不定的恐慌。于是我说，虽然我、大家都不希望你发生这些事，可我理解你的苦恼……说到这儿，我自个儿都觉得语言苍白，没劲透顶，不知道是中午的太阳毒还是着急，头上冒了点点汗珠。人一急还真能生智，就在这时，我蓦地想起了妈妈自我小时候就经常提及的《早恋》这部小说，想起了肖复兴，很自然的又想到了妈妈在北京开恳谈会时遇到过肖复兴，向他约稿，还写过一篇他的访问记，记得那里面有一大段妈妈跟肖复兴的对话，是关于中学生情感问题的，我觉得这么多年前的东西，现在看起来还是管用。此时此刻，我为什么不就此照搬那套呢？或者，把问题转嫁到妈妈手上？

我说，乔文静，你想见见我妈妈吗？我便简单地介绍了一下，乔文静的脸上顿时露出了笑容，他说他看过《早恋》这本老书和我妈妈编的一些稿子，但畏惧长辈的心理又有点使他犹豫不决。我说，没关系的，我妈呀，没长大，她天性是小孩种，跟小孩中学生反而比跟大人谈得拢。

乔文静听了便乐了，我们便约定，晚上乔文静到我家来跟妈妈谈谈。乔文静一下子仿佛换了个人似的，跳过来就牵我的车说，拖延你的时间了真对不起，我用车驮你回家吧，我一看表，十二点半了，还真得加快点儿，便听了他的话。他蹬蹬蹬地把我给送到了我家那个住宅区楼下。

吃午饭的时候，我跟妈妈谈起乔文静的事，妈妈说，怪不得这么迟回来，原来在街上处理公务，这现场办公学谁的？爸爸有些老套子，说韦彤你一天到晚管这些陈芝麻烂谷子的事，可别耽误了自己，这次周考怎么样？我说第四名。妈妈说不错，保住这个名次就行。

爸爸却不满地用筷子敲敲碗沿，说，你们女人呀，就知道夜郎自大，不求上进——于是我和妈妈便联合起来围剿我爸爸，这在我们家是常有的事。

我几乎是一搁下碗就往外冲，妈妈拧了一个热毛巾，直追到楼梯下，给我擦了一把脸。我骑着车飞快地赶到学校。中午的校园很静，这段时间我从来不肯轻易浪费，我有一本三年合订本《科技报中学版》，那上面的测试题难而不偏，我坚持每天做一期，绝大部分用的是空余时间。我们这种学校，稍不留意就掉队，每个人都暗藏着“杀手锏”，暗下工夫，你知道，中学生干部，首先还得是学习上的佼佼者，功课不行，再有能力也要被斥为“混子”。

我一直用功到两点上课铃响，才匆匆收拾了东西，拿出课本。星期六下午惯例，课程表上是班会活动，实际上都被班主任“贪污”了，讲两堂课的议论文写作，什么《论勤奋》啦，《谈诚实》啦，世世代代弹不断的老一套。昏昏沉沉的一下了课，我便趴在课桌上小睡一会儿，又被地理老师推醒，让我和学习委员帮他分发讲台上的一大摞子地理讲义。讲义发完后，便到四楼班主任的小办公室开班会。这是吴老师的"绝招"，他把每周六两堂课的班会压缩成一小时左右的班干部会。通过班干部了解班上情况和布置工作。

我对这种做法不欣赏，该讲的东西还是在全班讲的好，开小会，让同学们看来，我们这些班干部简直是"贵族"了，又有点像"间谍"，开黑会的样儿，省了点时间，却失去了点什么，当然，这不能在公开场合讲。

班主任一开口，我就吃了一惊。班主任说这一周情况看来很糟，最大的问题是星期三晚上有四个同学不上夜自修去社会上的网吧，还有乔文静同学的异常。班主任强调说，好几个任课老师反映乔文静这几天又退步了，上课很不集中注意力。

先讨论四个同学违反校纪的事。班主任说，四个同学不是差生，但正因为这一点才更可怕，有些潜在的深层次问题更值得挖掘：他们为什么这么大胆地去外面上网呢？为什么早不去晚不去偏偏在政教处的几个头头也去看的时候去呢？这一点值得做很深刻的检查，是否要喊他们的家长来，配合一下，共同教育？

这种场合大家总是不肯先发表意见。老师就一个个'点将'：文娱委员朱卉，团书记班妮，学习委员蒋军民……吴老师总是在最后点我，而且那点将的辞令跟其他人不同，总是说，韦彤呀，你有什么新的见解？嗨，他呀，也真刁得很，许多事其实已经拿定了主意，却硬要来一套'民主程序'，最后在班里宣布，说班委会一致同意，如何如何。班妮她们就很是滑头，一个个轻轻地点头，说蛮好蛮好。而轮到我时，却傻不愣登地畅所欲言。不过，这傻可不是我装的，我这个人生性率直，不喜欢说任何违心的意见。也可能是受宠多了，有点天不怕地不怕。

我不是故意与众不同，或给班主任难堪，绝对不是。没有谁喜欢孤立自己，但又有谁愿意失掉自我呢？只要有充分的合理性的意见我便坚持。有时候老师和同学对我的意见，也心悦诚服的。不过老师很喜欢班妮，说这个人稳重，能干，对我则一会儿不快，一会儿欣赏，一会儿又担忧。这次，违纪进网吧的事，我也有自己的想法，我先想弄清楚去网吧看了什么。后来得知去看一部新的电影，好像是那部新的吸血鬼爱情故事。我记得看过这部电影的画报和故事梗概，脑子里便浮现出两个纯情生动的青年人的影子，心里竟有点懊恼起来，怎么自己没有去看一下呢？

我想了一会儿，问吴老师：如果叫了他们的家长来，弄得满校沸沸扬扬，都知道这么回事，会不会反而激发那些没有去看片子的同学的好奇心，引得大家都偷偷去看？

班妮插话说，谁有这个胆子明知故犯啊？吴老师却沉默了。我又说，那片子档次挺高，我听爸爸妈妈讲过，何况看外国片可以锻炼英语听力。几个同学笑起来，吴老师白了我一眼说，那你说怎么办？我说不是已经写过检查了吗？再找他们来开个恳谈会，指出利弊，不就得了。吴老师叹了一口气，说好吧，不知道学校依不依。接下来谈乔文静。

韦彤，你有没有留意到乔文静这几天发生了什么事？吴老师问我。

我当时心里很紧张，难道乔文静的事吴老师已经知道了？我要不要如实相告？这也是吴老师的刁，他喜欢用话探我们。有些情况我们也就捉摸不透。不知道他是否已经预先知道？我心里急急地盘算着。这事情很头痛，我擅自作主张处理，如果以后出了事怎么办？但乔文静告诉的是我一个人。这绝不是因为我是班长，而是把我当作了一个值得信赖的朋友，如果我把这件事捅了出来，能保证在座的班干部们都不去传闻？能保证班主任老师不……我想起了前年高三的那个男生。我下了决心，这件事不能说，其他人是否知道我不管，我自己对得住自己就行，于是我用了迟疑不定的口气说：'恐怕……不会出什么事吧？可能还是抄诗的那件事影响了情绪……'我边说边斜眼观察吴老师的神色，发现没有什么异样，心里稍稍松懈下来，很明显，乔文静那事儿仍是个秘密。

可这时班妮进来插话说她这几天老看见乔文静一个人趴在桌子上写点什么。吴老师敏感地追问，班妮说，我怀疑是那种信……乔文静没日没夜的魂不守舍地写……

吴老师一下子警惕地皱起眉。我暗地里佩服班妮的观察敏锐，嘴上却不知哪来的勇气断然否认她的结论。我说乔文静抄诗写诗，那是他喜欢文学，不可能有什么事。吴老师赞同说，也有道理。我带文科班这么几年，每年都碰上这种做文学梦的青年，偏科，课堂时间花得太多，结果掉队，诗人作家哪是这么好当的？我得找乔文静谈谈，让他死了这条心。

会议比平时多花了半小时，从小办公室出来，班妮有些怏怏不乐，我觉得自己有点坏，用诡计挫伤了她的聪明劲儿。但碰到这样的事儿，你说我怎样才能从容自若呢？我当时安慰自己：等乔文静完全地战胜了自己以后，我去向吴老师和班妮解释清楚，取得谅解吧。

散学时，我走到乔文静身边说：吴老师叫你去一下。乔文静一脸张皇的样子，不安地望着我。我补充说，他要跟你谈谈，不要过早地做'诗人'梦。乔文静略为镇静了一下。我回到自己座位上，掏出空白地图册填起来，每天放晚学，只要天气晴朗我就要多待一个小时，处理自己的功课，这样回去正好赶上六点半的电视动画片，在笑声中放松半小时，爸爸便端上饭碗，于是边吃饭边看新闻联播……那天这多待的一个小时，效果却不太好。说实话，我头脑里乱得慌，怕乔文静招架不住班主任的问话，把什么都讲出来，那就完了。可乔文静回来时，什么事也没发生的样子，走到我身边，轻轻地说了一句：谢谢你，班长。我的心里一下子释然了。

这天晚上，我在自己的房间里做功课，听见客厅里的谈话。乔文静跟妈妈谈得很久。你跟我妈是熟人了，知道她是很能说的呀，一个无论多么内向的陌生人，只要妈妈下了决心，一刻钟就能调起人家的谈兴。这是她做记者编辑的看家本领。我无心过详地听他们谈话的内容，早早地做完当天的功课，然后一心记日记。你瞧，这天的日记一数十几页呢，密密小字，像篇小说稿。

我记得那晚的星星特别多，与楼群里灯火混映起来。近处的星星则洒向我的窗口，满眼里走动，我想起一句诗，'星星向我蜂拥而来'，是舒婷的，意味特别深长。'星星向我蜂拥而来'，就这'星星'，是什么？我说不清具体，只是我对着那夜的星空，感慨万端。到这个时候，我觉得自己不是白天那个精干的班长，活泼的女孩子，忙碌的学生。我有些疲惫，身的疲惫；有些敏感，心的敏感。

我想起我动辄在头脑中冒出来的念头：我图个什么？我的那些同行们图个什么？十七岁，人称花季之龄，把青春耗散在这些琐碎的杂事上，值得吗？我们附近的一些大人，好心的，劝我'放实在点'；恶意的，则讲什么那丫头急功近利，从小懂得捞资本。我感到很苦恼，做学生干部跟做人的'实'不'实'，究竟有无必然联系？学生干部不像成人的职称，不像当官，捞什么'资本'呢？我们将来面临的，是同样的高考录取线，是同样的社会选择标准，并没有比普通学生优先的机会。

但是，有一点，我庆幸自己，我自信我的部分青春耗散在这些琐事上有它的意义。这种意义的大小不管。我觉得我最大的收益是，在每天我处理的事情中，包含了我个人的主观成分，我起用了我的思想，我的方式，我的情趣。这也是一种小小的我，对大大的世界的……渗透，或叫挑战吧。我争得了完全属于自己的那一半，时间，精力，智能，思想……全国有数万学生干部，各种各样的，都拿出了青春的一半，做着……什么？无偿付出？不，我没那么高尚。我认为，当学生干部，也是一种自我磨炼、自我完善。将来的竞争，不仅仅是知识才学的竞争，还是能力的竞争。我付出了我的青春，得到了自己的组织能力、交际能力、处理问题的能力……的提高，这还算是有偿的吧？当然，每个学生干部都有一本极难念、极有意思的经，有些内心的东西通过我韦彤一人，大概远远了解不透，所以呀，你还需要多交些韦彤这样的朋友，算个建议吧。不管怎么说，老大哥，你，想起我和我的同行们，来关心和理解我们，来写一写我们，我谢谢你，很诚心的谢谢。”

英雄之脊托起的太阳

导读：在过去的二十五年间，全国公安机关因公牺牲的民警是八千两百三十二人，因公负伤的民警达到了十四万一千三百一十二人，这是一个数据。在这二十五年中，队伍中共有四十九万七千人次荣立了个人一等功、二等功和三等功，共有一千一百六十六名人民警察被授予公安战线一级英模、二级英模，其中一级英模相当一部分都已经牺牲了。

“让我们荡起双桨，小船儿推开波浪……”这是我们幸福童年的写照。我们可以把双桨理解成社会和家庭的双重之爱，更可以把它们理解为爸爸与妈妈的双重之爱。双亲之爱，不可或缺，然而，我结识这样一群孩子——一群牺牲警察的子女，他们的故事催人泪下，他们的小船儿在人生的河流中，过早地经受了单桨拼浪的艰难。

付贞贞自述：我希望每一位同龄朋友都有一个幸福完整的家，不需要像我一样过早经历人生的痛苦。但我要把我那份痛苦的体验说出来，让你们感受到你们拥有的那份完整幸福需要怎样的珍惜——

有好一阵子，我这个小姑娘的脑海里装了一个非常奇怪的念头，这就是，我想找几个同学问一问，他们喊“爸爸”这个词时，心中是一种什么样的感受。因为我发觉自己对这个词的反应很迟钝。

我是个遗腹子。山西省阳泉市郊区公安分局民警付忠义在他新婚几个月后的一天，追捕劫车盗枪罪犯时英勇牺牲，他还没有来得及看见女儿。女儿自出生起也就痛失了叫“爸爸”的机会。我的“爸爸”就是写在报刊上、传诵在人们心中的一名抽象的“英雄”。

我的妈妈很疼爱我，因而很小的时候，我对不完整的爱没有太多理解。当我扎着小辫子上学时，在课堂上，我在发“爸爸”这个读音时感到十分拗口。那天放学，我路过我们县城郊区的一个小公园，趴在栅栏上看一对父女正在做游戏，那小女孩跟我差不多大，跌倒了放声大哭，她的爸爸便将她抱起来，用满是胡碴的脸颊搔小女孩痒痒，又用粗壮的臂膀将她托起来，甚至抛向空中，再接住，直到逗得小女孩咯咯笑起来……

我在栅栏外看呆了，从羡慕变成妒忌，又变成伤心，脸贴着冰冷的栅栏，哭了起来。小女孩和她的爸爸见了之后很奇怪，问我为什么哭，我一声不吭，就是一个劲儿流泪。那位好心的叔叔，就把我抱起来，问我住哪儿并抱着我送我回家。我在他宽大的肩上一直流着泪，后来就不知不觉睡着了……

自从这件事后，我产生了一种对父爱的强烈渴求，我开始询问妈妈，为什么别人有爸爸而我没有。妈妈总是躲闪着我的目光，终于有一天，拿出了爸爸牺牲的事迹报道文章，让我自己读。妈妈要我读这些文章是要告诉我:你是有爸爸的,而且他是一个了不起的英雄,他也有有力的臂膀、宽阔的胸膛……只是,他离我们太远太远,而且永远不会再回来了。

我有一个愿望在那时悄悄产生,就是要亲口喊一喊“爸爸”。但我的爸爸在我心中只是一个抽象的“英雄”。有时我一个人待在屋子里想尝试着喊出声。可羞涩得满脸通红,就是喊不出声来。我常常因此而憋得满眼是泪,一不小心就会哭出来。为此,我的心情总是很抑郁,学习成绩起伏很大,经常走神。

五年级那年的清明节是我终生难忘的日子。老师带我们去县烈士陵园扫墓,并让大家每人亲手扎一朵小白花带去献在烈士墓前,我就多扎了一朵。第二天离开墓地往烈士事迹纪念馆去时,我的手上便多了一朵小白花。有个老师一时没明白我的想法,问我为何不把花放在墓地。我不搭理他,只一个劲儿往纪念馆走。在纪念馆,我找到了“付忠义”烈士一栏,看到了我的爸爸浓眉方脸的遗像,于是把手中的那朵小白花献上。迎着爸爸坚定地注视着我的目光,我终于喊出了第一声“爸爸”! 我说:“女儿来看您了,亲爱的爸爸!”

我不由得放声大哭起来,那一刻我切切实实感到了爸爸就在眼前,就在我的心中,我甚至感到了他传递给我的爱的力量……那一天,我一直哭着,直到回到家,泪都没干。

说起来我自己很骄傲,自那次之后,我这个爱哭的女孩就很少哭了。我的心情渐渐平静下来，我的爸爸是实实在在存在的。别人可以在现实生活里喊爸爸，我只能在心中呼唤爸爸。我们父女虽然失去了体肤的亲近，却不缺少精神的交流。爸爸是一名英雄，他一定不希望他的女儿是一根脆弱易折的小草，是一位肤浅地贪恋完整幸福的娇娇女。我认识到这一点后，就沉下心思生活、学习，不再胡思乱想。我感到自己成长很快，进步很快。

我是通过痛苦的挣扎，才从一个缺失父亲的不完整家庭里找到一份别样的幸福，并让心态变得完整起来的。我的处境注定我要走这段弯路，所以我真想象不出，我的那些拥有完整幸福家庭的同龄朋友，该怎样珍惜这份完整幸福才是啊！

阮殿莉自述：我也曾像许多青春少女一样傲视一切，包括漠视父亲的辛劳与抵御父亲的教导。父亲去世时我扑向了他宽敞的怀抱……父辈啊，我们欠了您很多的理解与爱——

我一直认为自己很成熟很懂事，有我们这个年龄的当代少女共有的那份自负。最直接的表现就是，我不知从几岁起，开始漠视父亲的辛劳和抵御父亲的教导。

我的父亲是江苏省兴化市公安局海南派出所的一名警察。在我印象中，他总是紧绷着脸，整天在外忙着工作。我记得我十岁生日时，全家人都在忙里忙外地张罗着，惟独父亲人影不见。一直到第二天，他才回来，抱歉地向我一笑，从口袋里拿出一支钢笔，举在我眼前，说祝我生日快乐。父亲那时一定是指望我能扑上去，开心地接过他的礼物，而我生气地扭身就走，说生日早就过了，迟到的礼品我不要。

父亲愣在那里艰涩地咧咧嘴，想笑而又笑不出来，捏着钢笔的手举在那儿好一会儿，才怏怏放下。那情形当时我感到很解恨，现在回想起来心里却特别难过。

母亲是位勤劳的农村妇女，父亲忙得顾不了家，她就要承担比其他人重得多的担子。全家人的地要她去种，甚至连一些男人干的重体力活，她也不得不咬着牙去干。有一天放学，我在镇大桥上看见母亲用自行车驮着两大袋米吃力地上坡，心疼得眼泪掉了下来。那一刻，我非常怨恨我的父亲，觉得他推卸了太多家庭责任，不称职为夫为父。不仅如此，父亲还是个滥好人，他经常将那些加班吃不上饭的同事带回家吃饭。有一阵子，派出所好几位小伙子就干脆吃住在我家。父亲乐滋滋地跟他们一起起早出发，摸黑回家，经常狼吞虎咽地吃我们剩下来的冷饭菜。

父亲经常为破案数日不归。母亲忙累了，就在父亲回来时诉苦，有时与父亲顶两句嘴。这个时候我总是坚决站在母亲一边帮腔，以压倒父亲。父亲好气又好笑地摸着我的脑袋说："宝贝女儿啊，你要理解你爸爸噢。"我总是不屑地扭过头去。

有一阵子，我学习成绩不好，又在班上与一些同学发生矛盾。父亲听了老师的汇报后，有一次严厉地批评我的不对。我责问他："你了解我多少呢？凭什么乱下结论！"父亲惭愧地低下头。

父亲去世的那一天，我在课堂上听课，心烦意乱，于是请了假去看望已经住院的父亲。父亲在病床上脸色煞白，但他还是装得很轻松地笑着向我摆摆手，说回去上课吧，别耽误了学习，爸爸太拖累你们了。我掉头走到门口，回头望了一眼病床上枯瘦的父亲，忽然涌起了一股伤感与愧疚，我就向父亲回报了一个笑——这是我们父女最后的交流。

父亲牺牲并不是在战场，他是积劳成疾而生命崩溃的。去世的前两天，他押送犯人到兴化城，几十个小时未合一眼。回家后，他说困死了，喝了一碗稀饭就躺上床睡觉，就再没能站起来。父亲长期超负荷工作，身患过肝炎、肠炎等，可他很少住院治疗，一直咬牙坚持。后来，派出所的叔叔们统计，父亲每年在家的休息日不到十天，而每天的工作都在十几个小时以上，通宵达旦是经常的事……

父亲就这样为了地方治安消耗完了他年轻的生命。我的悲伤是难以用语言表达的。父亲向人民奉献了全部的爱甚至生命，而我作为他的女儿，并没有来得及懂事成人，向父亲回报我的一份理解与爱。父亲的去世使我顿悟了许多，我在父亲的遗像前吞咽着自己的眼泪，发誓用今后的努力去弥补这份缺憾，告慰我的父亲。

我现在是高中学生了。这几年我在学校、在家里都做了许多努力，邻居也都说我变了很多。为了不让妈妈伤心和疲劳过度，我在校争取处处进步，这样每学期家长会，母亲都很愉快地得到老师的宽慰；去年夏天家里盖房子，我一个暑假忙里忙外，晒得黑黑的，帮妈妈减轻了不少负担。

在与人相处的事情上，我也变得大方、宽厚，我想这应该是父亲性格在我身上的延续。比方说，一位男生曾骂我"缺少父亲教养"，深深刺痛了我的心。我发誓一辈子不再理他，可后来我还是主动跟他打招呼，那男生感动得给我写了一封长长的道歉信。这封信，连同父亲送给我而遭我拒收的那支钢笔，成了我最珍贵的礼物。我觉得这两件东西能说明我的成长，也能说明父亲无形中对女儿的成功影响。

真的，我现在天天努力，我在父亲最后的时刻，露出的那一个友善的笑，一定会让他得到不少安慰。我不能愧对那一笑，因为那一笑是一个懵懂的女儿向父辈回报理解与爱的开端。

江昊南自述：我感到妈妈的目光就含着父亲的目光，当这种目光从哀痛、忧虑变得从容、自豪时，我忍着小男子汉不应有的泪水笑了，我终于体验到了青春里的一份特别快乐——

我的爸爸江志能在他生前给我和妈妈带来过不少快乐和荣誉。爸爸曾在湖南邵阳市公安局任巡警中队长，六次被市公安局评为先进工作者，两次被评为优秀党员。妈妈和我经常被别人夸奖爸爸的声音包围着，感到特别自豪。记得有一次春节前夕，有几个曾被爸爸解救过的乡下老伯上门向爸爸致谢，爸爸不肯收他们的礼物，还亲自驾车送他们回家，连团圆饭都耽误了。爸爸回家就抱住我亲我的脸蛋，我问他为什么这么高兴，爸爸说，看到别人高兴他就高兴。他还得意地说，那几个老伯夸他的儿子长得聪明可爱，好人有好报，儿子长大了一定有出息。可就在第二年，爸爸遭歹徒报复枪杀，光荣牺牲。四十岁的爸爸正处在事业成功、家庭幸福的辉煌期，就这样瞬间离开了人世。

在我的印象里，妈妈一直是个快乐而美丽的女人，她的眼睛里总是含着笑，经常说一句话被自己的笑声打断几次。可这些与爸爸对她的爱以及她为丈夫的自豪分不开。爸爸去了，过去的那个快乐的妈妈一夜之间也就变了，她变得迟钝、忧郁、缄默，身体状况也一天天差下去。我忽然觉得自己身上有了担子，我不想让妈妈用一种哀怜的、担忧的目光看着我长大。我在心里对自己说：优秀的爸爸倒下去，更优秀的儿子应该站起来！

在爸爸牺牲后的两年多时间里，我每天上学出门前，都要回头看一眼挂在客厅里的父亲的遗像，让爸爸坚定的目光唤起我脚底下的力量。我知道今后我的路更长了，要把握好自己的脚步。我还有一个更艰巨的任务，就是让妈妈摆脱悲伤，振作起来。要做到这一点，我必须使自己活得像爸爸那样出色，有男子汉的风度。在学校我是好学生，在家里我是好儿子，是能帮家庭分忧解难的小男子汉。

爸爸牺牲时我才十三岁。一天放学回家看到妈妈气喘吁吁地往楼梯上拎煤气罐。我要求帮助妈妈，在得到同意后，我瘦小的身子跟妈妈一起，提着很重的煤气罐一歪一斜地爬上了一楼、二楼……终于回到了自己的家。从此，换煤气变成了我与妈妈共同的事，成了我们母子俩相依为命的象征。一年后，我有一次要求一个人将煤气罐扛上去，妈妈不肯，我咬着牙夺过罐子，硬铮铮地将罐子扛上了楼。我成功了，妈妈心疼而又欣慰，笑脸上挂满了汗水与泪水。我告诉她，我感到十分轻松。而事实上，那天夜里我的肩和胳膊疼了一整夜，但我挺过来了，许多事就是这样挺过来的。

在去年的警方英烈子女夏令营期间，爬山攀长城途中小弟弟小妹妹累了，我就驮着他们上。公安部和江苏省公安厅的叔叔阿姨们心疼我，我告诉他们：在力量上，我已完全是个大人。他们问我从哪儿找到这份自信的，我告诉他们说，从我亲爱的妈妈那双美丽含笑的眼睛里。

那双眼睛是我成长的晴雨表。前几天，妈妈痴痴地看着长高了的我，说：儿子，我现在都崇拜你啦。我回答说，当然，我是英雄的儿子嘛！

我想念我的英雄爸爸，但现在我从不肯让泪水流出来。我相信英雄是不喜欢软弱之泪的。

王建晶自述：我一度感到自己跌进了黑色的恐怖之渊，几乎愧对了"中华之剑女儿"的称号，然而我最终还是像冲破厚厚云层的太阳一样升起，因为我的身下是英雄的脊背——

这几年我受到的关注很多，因为我是一部著名的缉毒斗争电视剧里《中华之剑》主人公之一、缉毒英雄王世洲的女儿。我奶奶的那一巴掌打碎了天下许多慈母的心（电视里有着这段真实的现场录像资料），我和弟弟的宣誓也激励着不少同龄人为祖国的明天而奋斗。但是，英雄的女儿并不那么好做，要实现自己的誓言，也还有一个艰巨的过程。

不少人可能在这部电视剧里看到了，我的爸爸王世洲牺牲得很壮烈，他被毒贩的手榴弹炸得浑身是血。我永远不能忘记爸爸最后的惨状以及刻在我心里的疼痛。在这种疼痛中，我和妈妈又面临着新的生活重担，赡养年迈的奶奶和抚养年幼的弟弟，同时还要警惕歹徒的报复。

我的家乡云南镇康是中国缉毒斗争最激烈的县，大小规模的战斗经常发生。许多毒贩在此落网，也有不少警察叔叔壮烈牺牲。毒贩经常企图报复警察的家人。爸爸刚牺牲的那一阵子，我们全家失去了一个大梁，每当夜幕降临后，我们全家人连门都不敢出。离家不远处就是拘禁所、戒毒所，我们全家除了弟弟不懂事呼呼大睡外，其他人都睡不踏实。白天，除了要学习功课，我还要照顾奶奶的起居和弟弟的生活。爸爸牺牲后，妈妈又体弱多病，经常要打点滴，才能支撑得住。有时我都感到自己好像快挺不过去了……

我是怎样挺过来的？当然不全是靠自己。在我和妈妈最悲伤的时候，从中央到县、乡，许多领导都来登门看望我们。妈妈被安排到县里做了工人，我们家也搬到了公安局的大院子里。许多人主动来帮助我们做家务，我家的柴禾总是烧不完。辽宁的薛小明叔叔、北京的一位王叔叔和深圳的一位好心人，从电视上得知我们的情况后，主动与我家结成"希望工程"的对子，经常寄钱寄物……

我们时时刻刻感受到一个英雄的家庭所受到的全社会的关爱。我有什么理由辜负这片厚爱呢！从那以后，我在学校刻苦学习，确保自己的成绩走在前面；放学回家，我忙个不停，料理家务，照顾奶奶，辅导弟弟作业；我还利用业余时间帮助其他同学，每天把时间排得满满的。我现在年年当选优秀团干部和三好学生，多次获得一等奖学金。

我的一些同学跟我开玩笑说，瞧这王建晶，现在变得像个女强人似的，聪明干练。他们这样夸我是有依据的，我过去可是个任性、胆小的小姑娘，记得有两次跟爸爸闹别扭，竟搬到学校寄宿不肯回家。而爸爸牺牲后，这么多的困难都被我克服了，对于这些大概连九泉下的爸爸都不敢想象。爸爸也一定不会想到，他的牺牲给我一度带来了巨大困难，但也给了我战胜困难的勇气。这勇气促使我要把自己磨炼成一个性格坚强、成绩优良的好女孩、好学生。

我最大的愿望就是成为一名像父亲一样勇敢的女缉毒警。我们这些从英雄的脊背上站起来的孩子，应该站得更高，在祖国明天的事业中放出更夺目的光彩。

我们是英雄之脊托起的太阳！

周艳自述：妈妈喜欢追忆我四岁前的那个完整的家，这种追忆伴我们度过了许多脆弱或冷清的日子，说着说着，妈妈就会含着泪花说到那个特殊的日子。那天，爸妈领我去衢州市照相馆拍了张我三岁时候的留念照片，妈向爸建议说：我们女儿都那么大了，两人还没有一张合影，现在顺便照一张好吗？爸爸看了看自己身上厚厚的棉衣，说等天气暖和，脱了这棉衣，穿白色警服再照好吗？就这样我们走出了照相馆，想不到这一走，爸爸没能和妈妈合影，成了妈妈终生的遗憾。就在这天的晚上，爸爸参加了追捕四个持枪暴徒的战斗，这四个反革命武装暴徒从江西南昌市携带五支冲锋枪、七支"五四"式手枪，一千余发子弹逃窜到衢州，我爸和其他警察叔叔奉命搜捕到车站益民旅馆时发现了他们，双方展开了激烈搏斗，爸爸不幸中弹，爸爸停止心脏跳动的最后一刻，手里还握着那支上了膛的手枪。爸爸为了保卫衢州市人民的安宁，献出了他年轻宝贵的生命。由此，我一生中便消失了"爸爸"这两个字眼，永远消失了爸爸的身影。我只能在照片上看到他那淳朴、厚道的遗容。

我多么想和人家的孩子一样，喊着"爸爸"啊！可我不能，我只能在心底里无声的喊着。随着时间的推移。我上学了，会写作文了，班主任老师布置作文题"我的父亲"，然后她又忽然想起了什么，对着我说："周艳同学，你写妈妈就是了。"不懂事的我回家把这事告诉了妈妈，妈妈听了流着泪说：

"你就把妈妈当做爸爸写好吗?"此刻，我又好像明白了什么——

不，我不能让妈妈伤心，我要写爸爸。我就写了“我心中的爸爸”。记得在作文中有那么几句：我有一个好爸爸，他高高的个子，穿着白色的警服，头上戴着大盖帽，佩戴着红领章，手里握着枪，可神气了（这些都是在爸爸生前的照片中看到的），但写到最后，不知道怎么结尾了。尽管这篇作文写得不好，可老师却把我的作文在班上念给全班同学听，当时我坐在那里听着，好像是听着别人写爸爸，出神入化极了。爸爸这突如其来的“光荣”，对我们家如同晴天霹雳。我们家三代人，三个人，外婆，妈妈和我。爸爸活着是我们全家的支柱，是妈妈的倚靠，爸爸离开了我们，家里什么都变了，外婆和妈妈老是流泪。

只有我，什么也不懂，闹着叫妈妈讲故事、唱歌给我听。我妈妈很坚强，她擦干那悲痛的泪水，面对现实，接受了爸爸的“光荣”，担当起这个家的一切。她离开了自己心爱、优越的工作岗位，自愿要求调到公安机关，默默地替爸爸做着未竟的事业。从小时候起妈妈就告诉我，有苦在家里说，有泪在家里流，爸爸革命烈士、二级英模的光荣称号是党和政府给的，走出家门，我们要感到自豪。妈妈自己省吃俭用，从不耽误我读书、生活开支，还经常给我增加营养。她经常对人说，要尽力培养我，等我长大了，让我像爸爸一样，当个人民的警察，她就心满意足了。

十多年来，每逢清明节、过新年，妈妈都领着我，带着爸爸爱吃的食品，还有爸爸爱抽的香烟，去墓地看爸爸。看着妈妈流着泪，站在爸爸墓前，我十分心酸。这就是我的妈妈。我真为有一个英雄的爸爸感到自豪，同样为抚养我长大成人、为我牺牲许多许多的妈妈而庆幸。十多年来，我们祖孙三代相依为命，在妈妈的操劳下，在公安领导的关心下，在爸爸生前的警察伯伯、叔叔、阿姨们的帮助下，我渐渐地长大了。长的越来越像爸爸了。

张媛自述：亲爱的爸爸：您好！我和妈妈深深地怀念着您。时光飞逝，转眼间十六年过去了。经过十六年风雨的洗礼，我和妈妈都改变了许多。今天，我已经从一个嗷嗷待哺的婴孩成长为具有一定知识的高中生了，而白发也悄悄爬上了母亲的双鬓。但我想您一定知道：纵然一切都在改变，但我们对您的怀念永远也不会随着时间的流逝而褪色。今天就让我再做一次爱哭的小女孩，借这封信，向您诉说我的心声吧！

爸爸，您知道吗？诚实的妈妈也说过"谎话"。但这个"谎言"却抚慰了我幼小的心灵，使我有了一个无忧无虑的童年。记得小时候，看到别的孩子总是在父母双亲的细心呵护下玩耍，而我却只有妈妈的关爱，于是我就会问妈妈："爸爸哪去了？"妈妈回答说："爸爸去了很远的地方。""什么时候回来呢？"我又问。"等你长大了，他就回来了。"那时的我绝不会怀疑妈妈的话。

于是我天天盼着能长高，因为长高是长大的象征，日子在期盼中一天天过去了。我满以为能盼到您的身影，那时我就可以在您和妈妈的呵护下去爬山、去游泳了。可谁知我等到的不是您的身影，却是您永不归来的噩耗。我永远难忘我十岁生日的那一天，妈妈神色凝重地亲自戳穿她编造的"谎言"：您在我未出生之前就匆匆离去了，永远离开了这个世界。她还告诉我您是为了制止一起恶性流氓斗殴，被石块击中了头部而光荣牺牲的。听了妈妈的话，我感到明亮的天空一下子黯淡了，怨恨、悲伤、失望一起涌上了我的心头。我恨那些无法无天的亡命之徒，他们为什么夺走我的爸爸，我为自己永远失去了您的抚爱与关怀而感到无比伤感；我又因为对您归来的企盼成了泡影而感到失望。这一切感受霎时化作一滴滴泪珠从我的眼眶中涌出，妈妈也在一旁陪着我流泪。就这样，难忘的十岁生日就在我们母女的泪水中度过了。也就是在这一天我决定要坚强起来，因为我已经长大了，应该帮形单影只的妈妈撑起我们这个家了。

爸爸，您能原谅女儿吗？尽管我强迫自己坚强，但有时我却比谁都脆弱，我害怕别人知道我是个没爹的孩子，每当我看到别的孩子享受父爱时，我就会有些怨恨您，为什么您走得如此匆忙，匆忙得连您的女儿都没有见一面。细心的妈妈看出了我的心事，她拿出了您的日记本和您获得的荣誉证书。翻看着您用鲜血换来的革命烈士证书及一枚枚立功奖章，我感到了无上的光荣与自豪。手中托着这些沉重的荣誉，我的心沉甸甸的。我仿佛一下子读懂了您的心声，爸爸，您把属于我的父爱、对妈妈的真情连同您的热血毫不保留地奉献给了社会，为的不就是使更多的孩子能享受父爱，更多的人能够享受亲情吗？您给予我精神上的鼓励与影响已经超越了平凡的父爱。

爸爸，您虽过早离开了我，但妈妈用她慈爱的丝线一针针的弥补了我失去父爱的缺憾。她的慈爱不仅表现在她做好的慈母，更表现在她扮成严父上。这份慈爱为我撑起一片蓝天，让我在这片天地中茁壮成长。为了我的成长，妈妈费尽了心血。记得有一次我的作业做得不好，在她三番两次的教育下，我仍是我行我素。于是她狠下心肠将我的作业撕了，然后在我身边一个字一个字地督促我做，直到夜深人静。还有一次妈妈抱着我在雪地上行走，忽然她脚下一滑，眼看就要摔倒了，她怕摔坏了我，用双膝撑在地上止住向前跌的趋势，结果我安然无恙了，而妈妈的膝盖却肿了很久。

这一点点一滴滴生活琐事无不表现妈妈那一片慈母之心。这片慈爱甜甜地渗入我的心田，使我成长，让我也慢慢懂得如何用慈爱的心去善待他人。

亲爱的爸爸，我要骄傲地告诉您，我立志要做一名医生，去救死扶伤，为人民解除病痛，为人民大众服务。我相信，我的奋斗必将是您理想的延宕。读到这，爸爸，我相信您不再有“壮志未酬身先死”的遗憾了，您一定能含笑瞑目了。

结尾：作为一名随营作家，在跟随着这个特殊夏令营的每一天，我都按捺不住心头的激动。我爱上了这些孩子，并时刻感觉到千千万万的人投在这些孩子身上的爱。一点爱仅仅是爱。众多的爱，则使爱从量向质飞跃，使爱升华，使爱超出于爱，使爱成为一种巨大的力量，激荡着社会的潮流，震撼着人类的灵魂，影响着精神的走向！

导读：在江苏省公安厅缉毒处和江苏省监狱管理局的安排下，我曾多次到苏州和南京江浦的少教所和戒毒所访问，与正在那里接受戒毒治疗的青少年面对面交谈。每次从那里出来，我的心情都是十分沉重的，甚至可以用内心滴血这样的词来形容。

沉重的信任

尊敬的作家大哥哥：您好！

几个月前我跟您见过一面，弄不清楚您的姓名了，只记得您高高胖胖、挺和气的，所以只能这样冒昧地称呼您，请您原谅。

几天前跟“女自”（注：戒毒所女子自愿戒毒区的简称——作者）的桑警长谈心，我告诉她，现在我改变主意了，愿意接受作家的采访。反正我现在糟透了，清高不起来，顾不了那么多，身体这么差，说不定会死掉，何必捂住自己的不光彩经历呢？那次您来采访，偏偏对我发生兴趣，恐怕因为我是一个堕落的女学生的缘故吧！我没有配合您，让您白跑了一趟，您一定很失望吧？哈哈……

现在您不用在心里恨我了，因为我愿意把我的一切说出来，而且是对您说，以补偿我的不礼貌(注：原文如此——作者)。

桑警长说，能设法把这封信交给您。如果您看到这封信，请求您再跑一趟戒毒所，听我讲自己的故事。戒毒所几乎每天都有我这个年龄的人进来，他们跟我一样傻，我要你把我的痛苦写出来，给他们看，给所有我的同龄人看，让他们千万别走上这条路，千万千万！

人家的花季是五彩缤纷的，我们的花季是白色的，多么恐怖的白色呀……我无力写太多的字，您快点来，等我死掉就来不及了。好，见面再说，谢谢。

一个不可救药的吸毒女孩子　陈俊丽

三月四日于南京戒毒所

三月中旬的一天，南京戒毒所的桑警长通过江苏省公安厅宣传处的同志，将陈俊丽的一封字迹潦草的信转交到我手中。我的眼前浮现出陈俊丽的形象。是的，几个月前为搞一个戒毒成果调研，我与公安厅的几位同志在南京戒毒所采访，注意上了陈俊丽。陈俊丽当时在强制戒毒区，在这里接受戒毒治疗的，都是被公安机关强制送来的。当时，我们走进一个宿舍，八个女孩子，最大的二十八岁，最小的十六岁，陈俊丽是“老七”，十七岁，也是惟一的一个在籍学生。八个人一一向我们作自我介绍，当轮到陈俊丽时，她没有像其他人一样低下头或扭过脸，而是嬉笑着，装着一副无所谓的样子，说自己是一名中师学校学生，吸毒半年多，上周末跟几个朋友一起吸粉时，不小心给老警抓啦，就被弄到这与外界隔离的鬼地方来了。

她说这些话时，大眼睛一直忽闪着，偶尔点点头，一头乌黑的头发在肩头跳荡着。她的学生身份，她的年轻与俊秀，与她邪乎的语调表达出的恶劣内容联系在一起，使我的心里感到刺痛。这就是一个十七岁的花季少女吗？为什么这么反常地糟蹋自己如此美丽鲜嫩的青春呢？

我试着与她交流，刚提了两个问题，她就极其厌烦地说："没有什么好说的，我跟同学们都一样，学赖宁长大的嘛，不过是我吸了那东西而他们没有，稀奇什么呢?"随行的摄影记者屈靖宇想拍一张她的照片，她连忙抓起枕头，挡住自己的脸。她的两条修长的胳膊赫然闯进了我们的视线。那是怎样的胳膊啊，雪白的皮肤上面，布满了烫伤的斑点和针孔的痕迹！

我们震惊，感到那双胳膊所承受过的疼痛，迅即揪住了我们的心。离开戒毒所的好多日子，我都无法将那种疼痛从心里消退掉。当我推想她的父母亲朋，她的老师同学，推想所有热爱生活、呵护青春的人们，看到这双胳膊将会感受到的切肤之痛时，我几乎被一种从未有过的沉重压得喘不过气来。可陈俊丽本人却用一种调侃的态度来掩饰自己，我怀疑她的内心一定是痛楚倍加的。现在，这封信终于证实了我的怀疑。

桑警长告诉我，陈俊丽第一次强制戒毒期满出去后，很快复吸，并堕落到涉足色情场所。不久，她自己跑到戒毒所，自愿接受二次戒毒。她的身体迅速垮下去，处于很危险的状态。但就在这种情况下，她一改以往的故作轻松状，经常痛哭流涕，稍有精神就写日记，并提出要把自己的故事讲出去，告诫同龄人，于是也就有了这封信。

陈俊丽在自己最痛苦和绝望的时刻，想到了倾诉，而且将倾诉对象选择为作家，其意味是深远的。我感到了这种信任的沉重，感到了自己手中这支笔的沉重。

美丽的脆弱

第二天，在省公安厅和南京戒毒所有关领导的帮助和安排下，我再次来到戒毒区。不巧的是，走进陈俊丽的病房，正逢她毒瘾发作。女孩抱着被子，在床上翻滚。她头发凌乱不堪，而且干枯泛黄，苍白透青的脸上，涂满了泪水、鼻涕、口水、汗渍和灰垢，全然没有了一个正常少女拥有的那份干净和滋润。她仿佛没有看见我，喊叫着“放我出去”、“求你让我死”之类的话，扯着自己的衣服、头发，掐咬自己的胳膊。医务人员给她打了一针，并架着她去治疗室挂水。临近中午，她才出来，气色稍稍好转，有些害羞地冲我笑笑，说：“人发毒瘾时不是人。”我点点头表示理解。

在戒毒所的特意安排下，我们在食堂陪陈俊丽吃了午饭，又谈了大半个下午。其中有两次，她困倦得几乎睡着了，不得不趴在桌上休息片刻。但令我感动的是，她一直用意志强撑着虚弱的身体，最大程度地配合我的采访，力争讲得多些，更多些。俊丽最后还为我写了一封短信给她的母亲，让母亲拿出她的日记供我借阅。通过与俊丽的交谈，与她父母亲的交谈，以及翻阅她的日记，俊丽这个女孩子在我心中变成了一个立体的、全面的形象。她同时纠正了我对青少年失足原因分析的思维定势——从好女孩变为坏女孩的陈俊丽，并非生长在问题家庭，而是拥有健全的家庭和高素质的父母，住在南京鼓楼区一个集中了省级机关干部和大中学校老师住所的文明小区，先后就读在市级重点小学、中学，初中毕业以优异的成绩成为一名将为人师的师范学生。陈俊丽平时似乎也没有什么不正当的交往，日常品行也是端正的，学习成绩良好，在集体里有一批要好的朋友，当然也有一些合不来的同学，当属正常。

那么，究竟是什么促使陈俊丽学坏，并堕落到吸毒的呢？吸毒这件事本身大概可以说是吸毒者最明显的“变坏”标志，我们可以从她的第一次尝毒探究到一些东西。陈俊丽这样告诉我：

“我始终认为自己变坏是从吸第一口白粉开始的，在这以前，没有理由说我是坏女孩，逃学、泡网吧、乱交朋友、成绩差……坏女孩的这些‘坏’我好像没有。我到现在都弄不明白，我怎么就一冲动吸上毒，转眼就成为一个坏女孩的。

记得那是1997年春节后，寒假里闲得没事，班上的王洁、张芳菲等几个好朋友就过来找我玩，我们在一起听阿杰的CD，看刘德华、黎明的碟子，跟男生在一起开party，很开心。有一天，张芳菲对我说，她妈妈的一个好朋友在美国嫁了个老外，生了个女孩，混血的，这次回来过春节，女孩又时髦又漂亮，汉语英语都会说，跟我们一样大年龄，长得可高啦，模特儿似的。

张芳菲提议到那个混血儿家玩去。于是我们就去了。我们去了四五个男女生，在‘混血儿’那儿又碰到三四个男女学生，大家在一起玩，挤了一屋子，吃零食，听歌，还推推搡搡地跳舞。

其实‘混血儿’也没有什么特别的，长得高些，比我们穿得时髦，后来得知她的父亲实际上也是华侨。她那天化了妆，身上散发着香水味，中国话夹着外国话，就显得很洋。男生都围着她转，说她气质好，高雅，现代，贵族派。我被冷落在一边，这种情形让我心里不快活。后来有一个高个儿男生一直注意我，他瞅准一个空子坐在我身边，自我介绍说是南京大学国际商学院的学生，叫高军，父亲出国访问时认识了‘混血儿’的父母亲，他和‘混血儿’自然成了朋友。‘不过，’高军说，‘你才是真正最漂亮的，她是假洋鬼子！’我觉得高军很幽默，说话动听，一下子对他产生了好感。第二天，高军打电话约我出去玩，我就去了，什么防范也没有。在他一个朋友的家里，他们一起吸一种白色细粉末，我知道那是海洛因，很害怕。高军很洒脱地笑着说，别听外面瞎宣传，这东西跟抽支烟差不多，哪有那么可怕？我们都吸，谁缺胳膊少腿了？玩玩罢了。我就昏头昏脑地吸了一口，当时呛得直流眼泪，难受得差点吐出来。

高军就搂着我，拍着我的背说，丽丽这样子更漂亮可爱了。不一会儿我就真觉得心里爽爽的，飘飘然，而且的确感到自己姣美动人，高军搂我，我竟一点没有羞耻感……第三天、第四天高军再约我时，在电话里一听到他的声音，我就会渴求那种感觉，然后就去，吸了之后'看见'自己姣美动人的样子……

寒假结束后，我已经离不开高军，而且做了一个女孩不应该做的越轨事，说到底我是离不开毒品了，我知道自己上了瘾。不久，我又得知高军根本不是什么南大学生，只是个在南大念过几天夜大的无业青年。

我开始恐惧、痛苦，夜里偷偷捂着被子哭，心里对高军恨得咬牙切齿。可是一旦毒品吸完，我的恐惧、痛苦、怨恨马上消失得一干二净，只剩下歇斯底里的对白粉的渴求，迫不及待地满天下找高军……"

我忍不住追问陈俊丽，究竟是什么让她在很短时间里轻信并盲从高军的。陈俊丽说弄不清楚，不过她又说，高军夸她最漂亮，让她怦然心动，那句话也许起了决定作用。

后来的进一步了解，证实了陈俊丽对自己的分析是对的。陈俊丽的妈妈告诉我，陈俊丽自小的确长得漂亮，人见人夸。陈俊丽小学里一直担任文娱委员，五年级时被改选为学习委员，本来是件好事，可她却哭了鼻子，别人问这是为什么，小俊丽说，文娱委员最漂亮的人才能当，学习委员却只要成绩好就行了。大家被她天真的童言逗得哈哈大笑。我想，爱美是小姑娘的天性，而这种以为外在美压倒一切的心理，过早表现在一个孩子身上时，并没有引起大人们的警觉。

陈俊丽的初中老师告诉我，陈俊丽爱漂亮是她的个性特征。她的书本上总是贴了满满的日本卡通美女招贴画，她还用双面胶纸，描画自己的头像，贴在自己的作业簿、文具盒甚至课桌上。她还经常乐滋滋地告诉别人，有男生冲她的背影喊叫："Hello，校花！"真是"讨厌"透了。

写到这儿，我不能不给陈俊丽下一个结论了。很大程度上，陈俊丽是被自己的漂亮迷误的。真有些让人不可思议。陈俊丽对自己外在美的关注已远胜过内涵，这使得她的美成为被抽空了内容的外壳，脆弱而不堪一击。我们不妨做这样的推测：陈俊丽不可能生活在真空里，没有高军，还有李军、王军等坏人，没有吸毒，还有偷盗赌嫖，社会上的坏人坏事是不定时不定点地出现的，一个坏男人的几句赞美就使一个女孩吸毒、失身，这个女孩还能抵御、辨别其他什么丑恶呢？美丽，在她身上恰恰变成了脆弱。

失足的代价

在戒毒所，我翻阅了许多吸毒青少年的忏悔文章，他们对毒品、对毒贩毒友、对吸毒现象、对自己的失足无不恨之入骨。毒品之强大远远超出当初他们尝试吸毒时的轻率估计，他们中的绝大多数一旦跌进这白色的世界，就再也爬不出来。国际公布的吸毒戒愈率平均不超过百分之二十。特别是，一个没有能控制住自己最初的吸毒行为的人，他的意志又怎能控制已有毒瘾的自己不去复吸呢？所以，离开毒品的最好的办法就是，你根本就不要去靠近它，只要你靠近它，就有百分之八十的可能重复陈俊丽的堕落之路。

陈俊丽的第一步抗争是克制自己，与高军绝交，但是吸毒后的幻觉令她难忘。她自小潜意识里的那种自己是世界上最美丽的女孩、最高贵的公主的奇想，吸毒后即浮现眼前，恍惚如真。她吸毒后有一刻确信自己在云中漫步，光艳四射，令男孩子们纷纷跪拜奉承，刘德华、俞灏明、黄晓明、陈坤无不成为自己的追求者……诱惑无法抗拒，她失败了。

陈俊丽的第二步抗争是想瞒住师长，趁他人尚未察觉尽早戒除。然而，随着毒瘾的加深，每天毒性在体内消尽后，她便处于极度的焦躁中，头昏脑涨，四肢乏力，甚至上吐下泻，虚汗如雨，根本无法维持正常的学习和生活。她无法战胜生理对毒品的依赖，只有一天天吸下去，而且剂量日益增大。

陈俊丽的第三步抗争是对自己品质的护卫。她并不想说谎、欺骗甚至盗窃、敲诈，但随着毒瘾加大，每日消耗毒品价值都在百元以上，到哪儿去弄这些钱呢？她不得不编造谎言向父母骗钱，继而偷家里的钱，直至骗、偷亲朋好友的钱物去购买毒品。对自己正派品质的捍卫在毒品邪恶的需求前,竟显得如此乏力。

陈俊丽的第四步抗争是维护自尊。但当她吸毒产生幻觉后,就成了任人摆弄的羔羊。后来因需要毒品,又不得不求助于高军等毒友,陈俊丽不久便成为高军等为首的毒网中的玩物,自尊、人格尽失。

陈俊丽一次次败在白魔面前,她再也无法光明正大地走在大街上,无法在学校的舞台上展示自己美丽的舞姿与歌喉,无法与同龄人谈笑风生,无法呼吸青春的阳光与空气,迈着自由轻松的步履,挺着少女骄傲的胸脯穿行在十六七岁的花季,她在白魔的世界里,每天胆战心惊地迎接毒瘾的发作,然后不惜一切地攫取一点毒品解除痛苦。她很快消瘦下去,脸上青春的红艳尽褪,双颊枯陷,脸色青乌,声音沙哑,骨骼僵硬,月经周期严重失调。她动辄晕倒在公交车上、课桌上、床上甚至饭桌旁。当年夏天,她的家人将她偷偷送往脑科医院戒毒,但由于医院无法全隔离,她很快跑出来,戒毒失败。直至后来休学,并在吸毒时被警方抓获,送往南京戒毒所强制戒毒。

一年多来,陈俊丽的吸毒给她本人、她的亲人师长、她的同学好友以及社会带来的损失是巨大的。陈俊丽以洪水般的速度吸光了家中的几十万元存款,并外借七万余元债务,这还不包括她通过不当途径获取的非法收入。她的父亲因女儿气出心绞痛病,母亲患上严重的失眠症,两人均两度请长假,中断手中工作,为女儿的康复奔波操劳。最疼孙女的奶奶气得卧床不起。陈俊丽本人则形同枯骨,尽失青春的光彩、人格、尊严和纯洁。陈俊丽的班主任在与笔者交谈过程中，两次因痛惜而泪水长流，这位善良的教育工作者每天都陷入在自责中，他认为陈俊丽的堕落是他教育工作中的失误，自己有不可推诿的责任。陈俊丽的同学提起这位从前一起背着书包快乐地上学、放学的伙伴时，眼睛里充满了恐惧……

花季的新患

对家长和老师们来说，花季中的孩子永远让人操碎了心、愁白了发。盲目尚武、狂热追星、小帮派、赌博、打群架、性无知与性犯罪，从个性生理疾病到心理疾病，到少年社会性疾病……我们的担忧似乎从未间断过。今天，从地球的另一些角落，毒品这个顽症又向我们这个传统古老的正走向现代化的民族和它的幼林，悄悄张大了白色的网。我们不得不以无比忧患的心情，正视毒网里捕捉住的越来越多的小小生命。让我们从南京市1997年对八百七十名、2000年对一千四百五十八名、2008年对两千零七十七名吸毒违法人员调查统计的资料中略窥一斑：

> 1997年八百七十名吸毒犯罪分子中，有十四名是处在人生花季的少年；2000年一千四百五十八名吸毒分子中，有三十九名花季少年；2008年两千零七十七名吸毒违法人员中，有七十一名花季少年！还有数百名刚满十八岁的青春少年！（引自1997年、2000年、

2008 年南京戒毒所资料选编。)

我们如果像走近陈俊丽那样,一一走进这些少年的吸毒故事,该是怎样触目惊心连着触目惊心啊!

如今,少女陈俊丽就要拖着疲惫多病的身子跨出花季,她告诉我,她快满十八岁了,就要成为一个大人,我最后一次去看望她时,她的病情稍有好转,脸颊上出现了一丝光泽。她有些羡慕地问我有多重。我告诉她自己太胖了,都一百六十多斤了。她听了苦笑道:“我现在才不到您一半重,怎么能跨进青年的行列呢?”我望着她尚存稚气的眼睛说:“你一定能长大、长重,关键在自己,别人不能替你长,懂吗?凡事都如此,别人加油助威,你自己拼搏!”

她点点头,牙齿紧紧地咬着下唇。我感到自己一直沉重的心情舒缓了不少。

老师，你为什么哭泣

导读：早慧的少年，如何正确地认识自己？家长和老师，如何引导成长中的天才？当天才不能成才的时候，老师流下的那两行眼泪，是一种迟到的懊悔。

面对成长，我们时时需要清醒。

一

去年深秋的一个晚上，我与几个朋友在南京师范大学校门外一家小饭店边吃边谈，兴趣正浓时，忽见邻座一中年男子站了起来，踉踉跄跄往外走，没走几步，就一头栽倒在地。我和朋友赶紧上前把他扶起来，发现他是酒喝多了。我们询问了半天，终于弄清楚他是从无锡出差来的。我们几个人七手八脚地把他架到了他住的招待所，他倒在床上，昏睡了过去。我见他没什么要紧，就在他床头留了一张纸条，告诉他我的工作单位，让他有什么困难可来找我。然后我们就离开了。

第二天，我正在办公室忙碌，一个中年男子来找我。我辨认了好一会，方才认出面前这位衣冠楚楚、一身儒雅之气的人就是昨晚在饭店醉倒的那个男子。他自我介绍说他姓陶，是个中学教师，并满脸愧意地向我表示感激，说他昨晚是因为心情不好，喝多了。说完这些，他略一沉思，突然问道："贵校新闻系的杨小黎同学，您认识吗？"

他的问话使我吃了一惊。杨小黎是我们学院新闻系的一名女生。前不久，由于触犯校纪——不是一般的触犯：该同学从大学二年级起在酒店打工，后来发展到当三陪女，经常旷课迟归，本学期又插足玄武区一位私营老板的家庭，成为不法的第三者，所作所为远远超出大学生日常行为规范许可的范畴——她受到了开除留校察看的处分。当年我作为大学校级行政部门的一名工作人员，曾参与了调查和处分杨小黎的工作。对杨小黎，我是十分了解的。她进校时是"小名人"、"才女"，但短短几年，竟出人意料地堕落了。为了挽救她，学校对她的处分并没有在学生中公布，陶老师怎么会知道的？

陶老师仿佛看出了我的心思，说道："杨小黎是我的学生，昨天下午我去看她，她把受处分的事告诉了我。当时，她一副满不在乎的神情，仿佛事情发生在别人身上。我真想不到，她会变成这样！要知道，她是我近二十年教书生涯中培养出来的最优秀的学生，我对她寄托了很大的希望……"陶老师有点哽咽了，他点燃了一支烟，抽了几口，待情绪稍稍稳定后，又滔滔不绝地向我讲述了杨小黎的成长过程以及家乡人对她付出的心血与爱……

送走了陶老师，我心中很不是滋味。我想起曾多次在校园里或校门外的马路边遇见过浓妆艳抹的杨小黎，她背着时装包或匆匆赶路，或从“的士”或者私家车牌照的宝马上跨下来，老练地关上车门。我在思考，一个在乡村闭塞的教育环境中成长起来的优秀少女，在都市多元化的文化氛围中为什么如此不堪一击？这其中有些什么值得我们重视和探讨的问题？我于是找来了杨小黎的材料，试图从她成长的轨迹中找出答案来。

二

少年的杨小黎皮肤黝黑，身材纤瘦。但她好学聪颖，小学时，她的学习成绩一直名列前茅。

她内向，不爱出风头，似乎也欠缺些口头表达能力。每年惟一在公众场合中露面的机会，就是学期结束学校召开三好学生表彰大会时，她要到前台领奖。这样众目注视的时刻，男孩女孩都神采奕奕地踏着音乐的节拍，在前台接奖、鞠躬、敬队礼，举着奖状向全场频频亮相，不放过每一个展示胜利荣誉的细节。而杨小黎的处理就要简单、含糊得多。她总是低着头盯着脚尖，匆匆地跑上台，匆匆地回到自己的座位，不拿正眼看任何人。

她的一个同姓的校长每当此时就在主席台上慨叹：这囡老实，本分，穷人的孩子早懂事，这囡将来会有出息的。

杨校长的话是“话中有话”的。杨小黎生长在一个贫穷而不幸的农民家庭。她母亲长年生病，基本无劳动能力；父亲一个人挑全家的生活重担，农闲时利用自己的一技之长，编织竹席到镇上卖，或骑车送货到无锡市的二道贩子家中，换一些零花钱，支付杨小黎母女俩的医药费和学杂费。杨小黎在放学后从来不敢像其他女孩一样疯疯傻傻地玩，她要回去弄喂羊和鸡的饲料。

繁重的家务劳动并没有影响杨小黎的学习热情，贫穷的生活更磨炼了她的顽强刻苦的学习意志。小学毕业后，她以优异成绩考入初中。在初中，她担任了语文课代表和副班长。尽管她沉默寡言，很少积极参与班级的管理工作，但她优异的学习成绩足以在人们心目中留下良好印象。

杨小黎真正的不幸和幸运都是从初三上学期开始的。这一年秋天，她那久病不愈的母亲终于抛下她和父亲离开了人世。杨小黎失去了母爱，有好长一段时期，她都没有从丧母的悲痛中走出来，她甚至想放弃上学，回家分担父亲的重负。但她的父亲虽目不识丁，却懂得读书对农家孩子来说，是惟一能够改变命运的机会。杨小黎领会了父亲的苦心，从此心无二用地专心致志地学习。不久，她写的一篇凝聚着对去世的母亲无限思念的作文《母爱》，夺得了全乡作文比赛第一名。这篇作文获奖后，被选进了县教育局编的《优秀作文选读》的小册子里。

在无锡市的一所高级中学里，一个三十岁的年轻语文骨干教师读完《母爱》，泪流满面，他就是陶老师。《母爱》使他想起了自己多难的少年时代，在他的心里引起了强烈的共鸣。同时，职业的直觉使他发现，《母爱》的小作者是一个内涵丰富且有一定文学潜力的少女。如果给予恰当的引导和机遇，她会成为一棵出色的文学苗子。于是，陶老师提笔给杨小黎写了一封信，鼓励她在此方面发展，并希望她能成为自己的学生。陶老师还把《母爱》剪下来，推荐给全国中学语文学会会刊《语文报》。当这篇文章在《语文报》上刊登出来时，杨小黎也已顺利地通过了中考，果真成了陶老师的学生。

三

高一学年夏末，杨小黎收到了一封来自黑龙江省的信："杨小黎同学：读了你在《语文报》上发表的作品《母爱》，很感动，同时觉得你在文学创作上很有潜力，我们欢迎你加入'中国少年之星'的行列，让我们手拉手，成为'小天鹅'，向文学的天空展翅……"落款是：全国校园文学会会长、文化部《中国少年之星丛书》主编、小天鹅文学函授学校校长、著名儿童文学家杨臻。信后附了一大叠有关杨臻本人、小天鹅函授学校的资料，还有一本电脑排版、油印的《小天鹅》文学函授刊物。

这种意外的关注太突然，兴奋而又不知所措的杨小黎把信件拿给语文老师兼班主任的陶老师看。陶老师看了之后，同样很兴奋。他读过《语文报》上发表的有关杨臻的文章，那些文章抒写了杨臻广阔的胸怀，对文学的神圣之恋和传奇般的经历。现在，杨臻看中了杨小黎，无疑预示着杨小黎将成为一颗少年文学之星，冉冉升起。于是，陶老师鼓励杨小黎立即报名参加“小天鹅”函授学校的学习，并代她交了四十元学费。

杨小黎就此加入了那个年代形成热潮的浩浩荡荡的文学少年大军。杨臻对她似乎也格外关注，在一年多的时间里，他们通了数十封信，杨臻耐心地倾听了她对自己身世的哭泣，同时鼓励她把这些东西写出来，在一封信的结尾，杨臻用特大的字号写道：“写出来！写出来我给你出一本书！”

一本书！对一个少年，这是多么美妙的梦幻。

随着文学热情的一天天高涨，杨小黎几乎每天都在挖空心思地写文章。那些习作尽管稚嫩，但《小天鹅》杂志连续把它们推出来。杨小黎被这所函授学校评为优秀学员，并被授予“中国少年之星”的称号。收获使她和陶老师都有些陶醉。

为了能出一本书，杨小黎常常放弃节假日，枯坐在灯下写作。有时在课堂上，她也忍不住拿起笔来，写下一段文字。结果，她的数理化成绩迅速下降。数理化的任课老师们很有意见，要批评杨小黎，但为了不影响杨小黎的文学热情，班主任陶老师把同事们挡了回去，他说：“杨小黎是个专才，我们不能中庸，应允许少数同学发挥特长。她可以学文科，数理化逊色一点不影响她的前程。”尽管杨小黎的各科成绩不太平衡。但这一年她仍然被评为三好学生。

高二，杨小黎上了文科班。陶老师协助她，在全校成立了文学社，让杨小黎担任社长。为了能让杨小黎有更多的时间和精力投注于创作，而又“称职”，陶老师常常替杨小黎做很多事，包括组织学生活动等一些本来应由学生干部承担的事务。陶老师觉得：为一个成长中的未来作家多付出一点汗水，是值得的！陶老师又为她提供了免上劳动课等优惠条件。

这一年，杨臻的一封信给杨小黎带来了福音。信中说：“小天鹅”学校与东北某民族出版社签订协议，共同推出“少年文学新星”丛书，拟将杨小黎的习作集列入其中，请速补寄十五—二十篇优秀文章来。

这封信带来的消息无疑是激动人心的，但它带来的难题也不容回避：如何在很短的时间内创作出十五—二十篇优秀的文章呢？一篇一篇地写，显然来不及了。

为了不耽搁出书大事，陶老师做出了大胆的决定：从本班和校文学社的学生作文中选出十几篇佳作来，暂且“借用”给杨小黎凑足一本书。这是一个荒唐的主意，陶老师和杨小黎也都觉得不太好，但一本书的诱惑太大了，其中潜在的荣誉感已大大超出了他们的不安。

厚厚的一叠稿子寄出后不久，一封“小天鹅”学校与出版社联合拍来的电报迅速轰动了全校、全乡、全县——“杨小黎同学，经审定，你的散文集《爱是美好的》将由××民族出版社出版，请速汇出版、印刷、发行费用四千元……”

不能不说，这是一个惊人的喜讯。一个农村女孩，居然要出版一本书，这在学校的历史上是破天荒的。但是，这个喜讯如同上一个喜讯，又拖上了一个沉重的难题尾巴：四千元！要一个失去母亲的孤女拿出四千元，这是一个怎样的天文数字！

校长在仔细分析了"小天鹅"的有关材料后，对陶老师坦诚地说了自己的看法。他认为：一、"小天鹅"杂志无刊号，无正式出版单位，印刷粗糙，选刊的习作良莠不齐，且通讯地址是哈尔滨的一家电厂，不像一个正规、独立的文化教育组织；二、他们一面称扶持文学少年，一面又收取如此高额的费用，远远超出少年可承担的范围，这使人怀疑其真正目的所在；三、让中学生在短短的几月内赶写出一本书，然后自费出版，这是不是揠苗助长的行为？其意义，除了鼓励，还有什么？何况杨小黎虽有文学才华，但未必达到出书的水平……

校长的异议引起了陶老师的不悦，这本书是他与杨小黎几年辛勤汗水的结晶，它赢得的荣誉，将洗尽一个少女成长过程中所沉淀的辛酸，可让她感受到劳动的价值与成功的幸福……陶老师几乎是满眼泪花地说服了校长。校长无奈地叹息道：好吧，我们将尽力帮助她，毕竟，一个学生能出一本书，太不容易了，这也是学校的荣誉。

一场从校园波及到社会的捐款活动在杨小黎最窘困的时刻迅速拉开了序幕。不到两个月，四千元钱便筹足寄往"小天鹅"函授学校。当年的《莫愁》杂志对这次捐款活动曾做了较为详细的报道："同学们听说杨小黎要钱出书，将零花钱一点一滴地攒起来；校长在教职工中带头将当月的工资留下了三分之一；班主任陶老师拿出了他可怜的一笔存款；乡长和乡妇联主任听说此事后，特意到学校看望杨小黎，并明确表态：我们有责任帮助杨小黎，我们无权让一个小作家埋没于这块土地……于是他们拿出了代表全乡百姓一片期望的一笔捐款……”

书终于出版了，杨小黎也成了小名人，每天，雪片样的信件涌向这所高中，杨小黎忙着拆信，回信，她还要参加学校、乡、县等社会活动……她实在太忙了，这一年的期末考试成绩，有好几门功课不甚理想，但学校理解她，给予了足够的宽容：这一年，她被评为三好学生及优秀学生干部。

高三的时候，“一本书”的余波仍未平息，校长和任课老师提醒杨小黎该抓一抓功课了，不然误了高考得不偿失。班主任陶老师觉得以这种传统的考试尺码来衡量杨小黎这样的特殊人才是不合情理的，他相信大学里开明的教授会慧眼识宝。他将杨小黎的习作和基本情况等材料送到高校，在教授们面前游说，终于杨小黎作为特殊人才在高中毕业时被南师大新闻系破格录取。她初步实现了“作家梦”。

按常规的推理，应该说，杨小黎这样的女孩进入高校，如鱼得水，定会更上一层楼。在头一年，她的发展似乎也未出其辙：她担任了班干部，积极参加社团活动，还获得了奖学金。慧眼相中杨小黎的那位文学教授为此很自豪，他在一些会议上数次以此为据，呼吁社会发现和培养个性人才。

但是，大学二年级开始，杨小黎开始“脱轨”。二十岁的杨小黎已长得亭亭玉立，干瘦的身材逐渐丰润，南国女儿潜在的生理优势，经年龄的成熟和都市生活习性的调理，一天天发挥出来。

她修起了如水帘的刘海，将一天浓比一天的黑发烫成浅波浪状，拢进一只紫罗兰的发夹。在都市的人流中，她纤纤作步。后来，她浓妆艳抹，走进了商场、舞厅、酒肆歌台、KTV包厢，走进了他人的家庭……直至远远地走出了自己，走出了众人的企望。

四

细究杨小黎变化的原因，我们可以找出许多客观的因素。比如，社会价值观变化对她的影响。杨小黎进了大学后，同宿舍的女生家境大都很好，她们在宿舍里谈论得最多的话题不是学习，而是时装，是高消费，在这些衣着鲜亮时髦的同学面前，杨小黎自惭形秽，浑身不自在。父亲费了九牛二虎之力，每月只能寄八十元钱供她上学，她不得不相当节俭才能勉强维持生活。第一个寒假回去，她一下汽车，就看到涌过来拉客的人力车夫中有一张熟悉而又苍老了很多的脸——为了过一个好年和挣足她下一学期的学费，父亲利用冬闲出来卖苦力！她跨出车门的一刹那，辛酸的泪水顺颊而下……开学后，她便拼命地做家庭教师，挣点钱减轻父亲负担，可这又影响了学习。更令她灰心的是，经济困难迫使她培养成的节俭品德并不被许多人理解。一些大学生高谈阔论："贫穷不代表光荣，贫穷代表落后和无能……"每一句话都似鞭笞加身，令她痛颤不已。

杨小黎大学一年级时积极投入学生会工作，她是学生会宣传干事。她使出她的专长，出黑板报，为校刊写稿，做了大量的工作。可一年下来改选，她依然是干事，而那些没干多少实事，却颇精通钻营术的人，倒当选了学生会主席、副主席。这次改选对她的刺激很大，她没想到菁菁校园也并非一方净土；落选还大大刺伤了她的自尊心，她以前从来都是老师赞扬、同学羡慕的中心人物，从未这样惨败过。于是她退出了学生会。

她从繁杂的学生会中退出来，曾决心投入到自己的专业学习中去。她写了很多文章，送给南京的大小报刊。为了说明自己的能力，她在稿子后附了自己较辉煌的创作简历，可这似乎并不奏效，稿子见报率极低。她曾连续向《扬子晚报》副刊寄过七八篇散文，均石沉大海。同班一个同学，水平平平，却频频发稿。她请教那位同学，有什么诀窍。同学毫不掩饰地说："我老爸是报界的，就这诀窍！"后来，有人用调侃的语气告诉她："如今的报界不是你心目中的那块圣土啦，很多老编只发关系稿、交换版面稿、名人稿、登门拜访的年轻女作者稿，你投稿的那家最典型啦，那老编把持副刊可不是一年两年啦。要不，去'拜访'一下？"杨小黎想想，含着眼泪苦笑。尽管这是别人的调侃，尽管这些话有失偏颇，但杨小黎却听进去了，没有什么摧毁比摧毁内心深处的偶像更具有破坏性的了。

于是，杨小黎成了后来的杨小黎，她放弃了本来的追求，甚至一个大学生的基本责任，投身于物质的欲海中去。

写到这儿，我想，社会复杂多样是客观的，时代变化必然导致人们观念的分裂，毋庸讳言，杨小黎的所见所闻所历都是事实。而这样的事实也确实使许多的年轻人变化，从精神走向物质。但是，如果我们用全面的眼光来看待问题，应该想到两点：一、杨小黎的世界不是独立的，每个社会性的人都不是独立的，杨小黎的所见所闻别人也会有，为什么我们社会中年轻人的主流还是积极向上的，而杨小黎却快步滑入了逆流，成了极少数中的一个？有人见异思迁，更多人默默无闻于本职工作；有人只谈享受，更多人在埋头进取；有人投机取巧，更多人则是脚踏实地……这才是今天进步社会与文明人类的真正现实。高校学子里，像杨小黎这样家境贫寒的不是个别现象，但诸多苦难经历的学生都是刻苦求学的。在近几年的大学毕业生中，报考研究生继续深造的一大半是来自农村和偏僻地区的学生。为什么杨小黎只看到浮躁于社会之上的不正之风？或者说，为什么只有那“少数的”影响改变了杨小黎的人生观？二、一部分人在成长的过程中被社会向消极面改变，这不奇怪，但在杨小黎身上，则有点不可思议，用陶老师伤心的话说，为什么一个曾经很优秀的少女在新的环境里如此不堪一击？这是偶然的吗？但偶然里也有必然的因素，辩证法的基本原理促使我们去寻找其内部潜在的必然因素……想到这里，我又不得不再次联想到杨小黎的少年时代。

杨小黎的一个同乡告诉我，杨小黎上大学后，仅在第一年的教师节给陶老师和家乡其他关心、培养了她的老师寄过卡片，后来再也没有给母校任何人写过一个字；而且，四年大学，杨小黎从未探望过母校及其老师；杨小黎对过去的经历缄默不言；杨小黎上大学不久，便不再提自己曾受人捐款资助出过书，后来甚至否认有此事；杨小黎对过去从无感激的言辞，好像过去的不是光彩而是羞辱……那么，我们又如何理解这一切呢？仅仅用“忘恩负义”作结论吗？

那么，让我来对她的过去作一个假想：假如她上大学是通过自己的努力考取的……假如她各科不平衡学校就按规定，让她失去“三好生”的身份……假如没有陶老师的特殊关怀，她不积极投身学生工作就失去优秀干部的候选资格……假如那本书出来后，人们认真地读读书的内容再作评介，再考虑荣誉和桂冠的施予与否……假如她出书前校长把那番坦诚之言与她交流……假如那些文章全是她写的，全是上乘的……假如出版社严格审稿，杨臻先生慎重推人……这太多的假如有几个成立的话，杨小黎的今天又会是怎样的光景呢？

我把众多“假如”后的内容串加在一起，终于得到了一个较为明朗的东西——教育思想，教育观念。虽然早在几十年前，我们就制定了明确的教育方针，使受教育者在德育、智育、体育几方面都得到发展；虽然近年来教育部门和社会有识之士不断呼吁要注重学生的全面发展，注重素质培养，但在升学率这根魔棍的指挥下，我们的学校、我们的老师都有意无意地把成绩的好坏作为衡量学生的重要依据。成绩好，学校重视，老师喜欢，一好遮百丑。至于他（她）的思想品德如何，工作能力如何都被忽视了，更谈不到对他们健全人格和良好心理素质的培养塑造。就拿杨小黎来说吧，在中学时并没有在班级工作中显示出多少能力，但因为成绩好，一直担任班级干部；她严重偏科，却因为“有才”，年年评为三好生。她这个优秀生只是在文科方面比较优秀，在思想素质、心理素质上是否优秀，是应该打个问号的。

从杨小黎的经历中，我还想到了一个问题，就是不适当地宣扬、拔高少年而在他们心理上造成的偏差。杨小黎在写作方面无疑是有一定潜力、有培养前途的，但仅仅在一个内部的供函授学员交流用的刊物上发表了几篇作品，是否就能称为“文学新星”？写了几篇尚不够成熟的作文，是否就值得为她出本书？当然，促成这件事的人完全是一片好心，是为了扶植文学幼苗，但对于杨小黎这样一个并没有具备相应才学的少女来说，这样的扶植反使她对自己评价过高，期望过高，一旦到了一个新环境，没人再赞赏她，羡慕她，她必然会感到极大的失落。本来，如果她确实很有才华，她可以以才学寻回昔日的辉煌。时下的大学生，虽然追求新潮，但大多数人对于有真才实学的人还是欣赏、拥戴的；而报社，虽然有用关系稿、熟人稿的现象，但对于一篇上乘之作，有些有良知的编辑是绝不会弃之不用的。可惜，凭杨小黎的实力还不足以使她这颗中学时的“文学新星”在大学里焕发出新的光彩，她的被冷落是必然的。

从备受推崇到默默无闻这巨大的落差造成了她心理失衡，为了要寻回昔日的被众人注目的感觉，她走到了另一面，以时装和金钱武装自己，虽然这金钱的获得是以出卖女性的尊严为代价的。

我提出这个问题并不是对那些热心培植优秀少年的人有什么看法，只是想提醒教育工作者和社会上的热心人士注意，在培植宣传优秀少年时，一定要适当，要注意分寸；同时，也想提醒少年朋友们，当荣誉和赞扬潮水般涌来时，一定要保持清醒头脑，对自己有个正确的估价；荣誉只属于过去，要保持和赢得新的荣誉，你就得不断学习、不断努力，稳住自己。

一个旋律六支歌——六个少女的朴素追求

导读:她们是六个少女。她们就像你们一样,平凡地生活在你们当中,一起上学,一起回家,一起做着许许多多迷人的梦幻……在来来往往匆匆而行的队伍中,你们很容易记住她们,很容易又忘记她们。

所不同的,或许,她们出身于一个异样的家庭,她们与你们中的许多人有一份不同的经历,有一掬你们未曾流淌过的泪,心中有一个更跌宕、更强劲的旋律!

第一支歌 丑小鸭更渴望飞翔

我们在省运会上采访时注意到了她。她算不上明星,甚至连被采访的资格也不够。少年甲组五千米跑下来,她是第三名。热情的人们包围了冠军,她被冷落在一边。她就一个人坐在场外的石阶上,很静地望着跑道发呆。像许多搞体育的女孩子一样,她不美。除了一副男孩子般的大身架外,她的脖子上还有一块色泽异样的皮肤。我们上去跟她聊时,她有些腼腆甚至惶恐。我们问她,没有得到冠军不高兴?她却坚决地摇摇头。她说第三名不是运动会的好成绩,但是她的好成绩。

她口齿不很清楚，加一口徐淮方言，我们跟她谈了一会儿，几乎一无所获，失望地准备告别。她忽然问："你们想写我？"我们点点头，她不好意思地笑了，她说："我不值得写，真的，不过我可以说说自己的经历，能留个地址给我吗？我给你们写信说。"

三天后，她就从旅馆里寄来了电子信件，长长的文字，我一口气读完，不知不觉中。

她的家乡还很穷，尤其是她幼小的时候。妈妈说，她来到这个世界上不久，就患了一场大病，若迟送医院二十分钟就没有她了。所以她的命是"捡来的"，贱。她的体质极弱，病愈后好久身子坐不直，瘦骨伶仃如一根草。因了瘦，她还有点"鸡胸"，两块胸骨几乎要撑破皮，真是地道的"丑小鸭"一个。有一次，邻居小孩在她面前吃一个白面馍馍，她盯着它看了很久，她多么渴望能吃一口白面馍馍。回去后，她便嚷闹着要，妈妈竟狠狠地打了她。她哭了，妈妈也哭了。这是记忆中她幼小的自尊第一次受到伤害，也是第一次惊诧于妈妈的流泪。

刚入学时，小伙伴欺负她这个丑丑的小不点儿。有一次跟一个高她半个头的男孩打起来，那个男孩很快打倒了她，骑在她身上；许多男孩围着她看热闹，一个劲地嚷："看鸡胸，看鸡胸。"那一次她哭了很久，两天没上学。后来，就有一种"报复"的愿望，就因了这种愿望，她爱上了体育。她决心要让自己长得比男孩子高大结实。村边小运河边有挖河时堆上来的土垛子，她每天就到那儿去疯跑，上上下下，一趟一趟，直累得小腿肚子疼得麻木才肯休息。加之口粮比先前充足了，能吃饱肚子，她很快长得粗大起来，小学毕业时，已超出同龄女孩一头高。那种可笑的“报复”愿望却无影无踪了。不过，这使她走上了另一条路。

她忘不了两个人，一个是他们村的瞎子大爷，一个是初中的体育教师。初一时，体育老师让她去参加乡中学生运动会，竟拿了长跑第一。但就在这个时候，家里让她退学。家里上有爷爷奶奶，长年哮喘病的爸爸，下有不懂事的弟弟，人多力少，那么多责任田，母亲忙得累死累活。她正到了得力的年龄，妈妈就带她去瞎子大爷那儿算了一命。瞎子大爷摸摸她的腰身腿脚，说好劳力好劳力，天生是个种田的好料。还有什么好说的呢？就打算退学。老师一听，急了，点拨她，说你这么信命？我们正把你当“体育苗子”培养呢。她一想，也真的不服气起来，祖祖辈辈种田，她不认为种田贱，但凭什么是命中注定呢？于是，顶着压力，不退学。

体育老师真是个好人哪。他是个民办教师，够辛苦，花了很大精力在她身上。他了解了她家里的困难，就替她付书钱和学费，给买好菜票，比赛前给她送补品，星期日陪她回家，帮她家做地里的活。

后来考高中，她的文化成绩又不够，老师就捧着她在市县运动会上得的一些证书，到县教育局招办游说。起初人家不理，他们压根儿不重视智商以外的东西，老师就常常吃闭门羹。有人给老师出馊主意，让他送礼，敦厚的老师就买了东西上门，给人家狠狠顶了回来，抹了面子还差点落个处分。局长知道了这件事，说特殊情况特殊处理，不要死教条，她这才被县中破格录取。参加了几次较大的比赛，夺了两个名次后，又被市少年体校录取。回想为上学奔波的日子，真是辛酸。

老师，唉，他图个什么？他依然是乡村民办教师。回去看他，还是那么黑瘦，地道的庄稼人。每次谈到她，老师都兴高采烈，她是他最得意的学生。穷乡僻壤，智育都很少有人关心，谁来重视这体育呢？出了她这个“小运动员”，他自然自豪。她欠了老师太多的人情，总觉得自己能回报的太少太少。所以她不肯放松一点，或许先天体质不是极佳，但刻苦锻炼可弥补一些。瞎子大爷，还有一些乡邻，也是催她奋进的一个因素。有一次，她妈妈为责任田的界地与邻居吵架，不知怎么吵到她身上来了，说别以为有什么出息，靠卖死力驴子一样疯跑，还被人家观看着吆喝着，挣那么口饭吃，神气什么？又长得丑八怪样，大了嫁也嫁不出去。她听了后伤心极了，乡亲们就是这样看待体育的，何况她并没有神气什么；至于长相，那是天生的，她有什么错呢？越是这样，她越要上进，她说她决不能弄得一无所成，灰溜溜回去，让老师和妈妈失望，让乡人对她，对体育产生一个永远的错觉。

她说，她爱体育，真的，爱极了。尽管还不很突出，但体育是她的希望。一走上跑道，咬咬牙，什么屈辱都忘了，只有激动支配着她。体育使她消失了自卑，增长着自信……省运会拿个第三名，她认为发挥正常，她不满足这个成绩，更不气馁这个成绩，在她面前的跑道还很长。

信末，她署上“丑小鸭”。是的，她不是一只白天鹅，飞翔的却是这样一片不同寻常的天空。她的将来也许是鲜花簇拥的冠军台，也许是一条普普通通的跑道，甚至，她会走到另一个行道上去，但作为一个少年，她的昨天和今天值得我们深深欣慰。

第二支歌　为了生活里多一朵微笑

两年前，她初中三年级。她在百里外的那个小镇中学给我写信。语气很诚恳，她说她爱上了诗歌，看了我的几首，很喜欢，能不能给她去信教教创作技巧方面的知识。我把它当做一封普通读者来信，简略而认真地复了信，搁到一边。没想到，她很快又来信了，说看了我的信，她几乎感动得流了泪。她恋缪斯恋得厉害，常常为之或欢或悲，尝试着写，总觉得力不从心。于是她给许多诗人写信，但大都杳无音信或极短的几句套话打发了之，还夹上一些诗集征订单让她买书。她说，你给了我收到认真回信的第一次，能不能继续不吝指教。信后抄了三首习作，署名朵朵。

我读了她这三首诗，发觉感情很细腻，充满了“为绿叶而歌”、“思绪在最后一片深秋上颤动”一类的句子，而且流露出一种婉丽的哀伤，有点诗评家朱先树先生所说的“痛苦的，也是美丽的”一话的意味。但纵观诗的基本功，似乎偏差。想想她是毕业班学生，要对她负责，就写过去一封“泼凉水”的信，让她先放下诗，考上高中、大学，再写不迟。她回信说，高中和大学对她是不存在的，她只求上一个能为将来谋得自食其力职业的中技或职业学校，但诗歌她不能没有，诗是她“健康的精神”。我猜想她是不是太脆弱、太敏感、太不求上进了点，就写一封信批评她。这回，她的信很短，她说，不要逼我为自己解释好不好？不要责怪我好不好？信页上还落了泪渍。弄得我不敢给她回信多说什么了。

暑假后，她寄来了一封信、一张小照、一本油印的诗习作集。她很高兴，说终于考上了县职业高中，学无线电修理。那张小照上，她的确很美，两线淡眉下是一双纯真的大眼睛，流着她的诗一样的淡淡哀婉。她的诗有不少长进，尤其是扉页上一句回答为什么写诗的话发人深思：为了生活里多一朵微笑。

她在新学校组织了一个文学社，得到校领导支持。她当了主编，正乐滋滋地忙着。第一期社刊上，她还亲手画了一些插图，蛮不错。她来信请我去为她的文学社讲讲诗歌创作。考虑到忙，路途远来去不便，我叫她另请人，她不肯，接着说，她要亲自跑一趟南京，通信快两年了，还没有见过面呢。她就来了，我去车站接这个“急火火”的女孩。

见到她时，我深深地震惊了。她的确如她的小照一样漂亮，但是，她的右腋下支撑着一个拐杖，靠它一步一步地往前挪着。她望着我，红了脸笑笑，望望自己的右腿，说，真不过意，否则不应该麻烦你来车站接我的。我真的后悔没有问明白，让她这么远跑到南京来。

她的情绪很好，向我们谈自己。她说父母是双职工，她是个独生女。理应有个幸福家庭，但因小儿麻痹症留下了她一条残废的腿，她曾因此不敢跟小伙伴玩，哭闹着不上学，更谈不上假日旅游，小家庭时常因她笼上阴影。上了初中，她开始懂得了爸爸的叹息和妈妈的低泣，决意改变自己。感谢文学，它使她从中悟出了不少道理。自己不快乐，为什么再感染别人呢？又为何因了一条腿而悲观呢？从此，她快快乐乐地生活、写诗。她说她的生活就是诗，诗就是她的生活。她智商不高，但苦学功课，考一个能支撑自己身体的职校；又读诗写诗，养活了自己的精神，并不一定是成为诗人。是的，她很苦，每天走了路，手脚都酸累，再坐下来写诗，正好用撑杖的右手，常常笔都抓不住，尤其是冬天。但她从此充实、快乐，父母、同学、老师都因此快乐起来……

望着她瘦小的身躯，一步步向前迈着的倔强步履，我们感慨万分。"为了生活里多一朵微笑"，对一个残废的小姑娘来说，这是多么可贵、多么美丽的朴素追求！

第三支歌　清清淅淅江南雨

我认识这位江南少女是在小雨中的苏州车站。她在出口处拥挤的人群里挤来挤去，手上举着一块"江南旅馆"的木牌，用很清丽的方言招呼旅客："先生，住旅馆哦？"跟其他的招呼员不同，她不涂脂抹粉，看上去年龄尚小。可能就是因了这，我成了她的顾客。

她带我穿过陆文夫笔下画过的那些姑苏小巷，抄近路来到她家的旅馆。她似乎兴致很高，向我侃侃而谈苏州风情，还有她家的个体旅馆，说得那么老成。我就好奇地问她：

“你多大了？”

“十六。”

“这么小不上学吗？”

我是随口问，她的脸却一反往态，骤然通红，接着好一会儿垂着眼帘不说话。等再抬起脸时，眼睛里湿亮地一闪。她勉强地做了一个微笑，便退出了房间。我有些迷茫，猜想着一句简单的问话是刺伤了这个江南女孩怎样一颗自尊心呢？

到了晚上，她敲门进来。她说：“能到我房间聊聊吗？”我觉得有些不便，就说：“聊聊当然好，就在这儿不行吗？”她又垂下眼帘说：“叔叔，我知道你从大学来，瞧不起我，这么小就辍学当招待，可是……”

从她的语气和神态我马上明白了她是非常敏感地藏了自己故事的女孩，不能再无意伤害她。我就跟她一起到她的房间。

像许多小生意人的房间一样，她的小房间布置很富有，所不同的、也是稍出我意料的是，靠写字台有一张书架，档子里装满了书。她边带我参观她的藏书，还有刺绣习作、小学时的三好生奖状，边讲她的故事。

小时候，她的家境不太好。母亲多病，常年在家料理家务。父亲在街道办当电工，收入平平，又好喝点酒。她还有一个哥哥一个姐姐，三个孩子上学，日子混得真难。她家老房子蛮多，后来有人出主意给她父亲，指出生财之道。父亲就从小厂回来，收拾出几间房子，搞个执照开旅馆。这需要人手，哥哥和姐姐很快就退了学。她当时还小，小学四年级，成绩挺好。父亲就饶了她，说考考看，说不定考个苏州中学，再考个大学。可小学毕业，她让父亲失望了，考进了一所普通中学。她不服气，刚进初中认真学。但家境在变化，旅馆开始发小财，每天住满了旅客，不乏一些乱七八糟的人，喝酒猜拳搓麻将，吵到深夜。她非但不能逃脱这些干扰，还得经常帮忙收拾房间、提水、代客买车票等。起初她嫌烦，做着抗争，有时候干活时也抱本书，她父亲说，球用！读个书啥用？说到底为挣钱过日子，早点回来吧。她的成绩直线下降，中考时，竟连个普通线也达不上。她在自己房间里伤心痛哭，父亲却乐呵呵地说，正缺个帮手——她姐姐出了嫁。嫂子也在一旁说风凉话，说这么好脸蛋闲搁着，可惜，还是去车站拉拉生意，什么相就什么命呗。

她能做什么呢？只好硬着头皮去车站招呼旅客。当初的日子难挨啊，一趟车一到，那些招客老手蜂拥而上，早把她挤得无影无踪。叫一声师傅住店吗，脸便烧得像着火。后来慢慢习惯了，可总是带不起劲儿。

对门院里有个男孩，从小跟她一起上学，他考上了重点中学。有一个周末，她接了两个客人回来，在巷口碰到他放学回家。他用一种大不同于以前的目光盯着她，还躲避似的让在一旁。她从他身边走过去，连跟他打招呼的勇气都没了，眼睛里蒙满了泪水。还有一次，两个酒气熏天的男人在路上拦住她，说要生旅馆，她就领他们回去，在巷子里，他们说着下流的话。她气极了，很凶地骂回了他们，跑回家委屈地哭起来，满以为家人会安慰她，而得到的尽是抱怨，怪她砸了一笔生意。

她读了一些文艺作品，再联想起这些事渐渐明白了一些东西。十五六岁是棵鲜嫩的花，但没有知识，甚至为了钱或其他利益不能维护自己应有的涵养和自尊，岂不成了一束苍白的塑料花。她决心不再这样袖手下去，于是开始买书、读书。书架成了她亲密的伙伴。她有了一个美好梦幻，要先自学好中学课程，自己也要先积一笔钱，几年后她要去考大学，一定要考，差点分就拿那笔钱自费上。宁可大学毕业后重新回来开旅馆。其中的意义就不同了。她就为之积极准备起来。白天，她在车站招呼旅客，晚上回来自修。也顾不得家人讲什么了，她实在与他们缺少共同的语言。她还在苏大请了一位大姐姐做她的家庭教师，每周六晚来辅导她。她用她自挣的钱开家庭教师的工资，与大学生一接触，她觉得自己已经失去了一些多么宝贵的东西，又获得了多么宝贵的东西。

她讲完她的故事，我不得不重新打量她，这个江南少女眼睛里盈满了既辛酸又欣慰的泪水。“祝你成功！我们会帮助你的，小妹妹。”我朝她握握拳。窗外春雨丝丝。

第四支歌　走出青春的误区

我老家所在的县电台最近广播了县城南中学高一女学生倪小君的

事迹。这在校内外引起了很大的反响。倒不是事迹本身多么感人，而是对倪小君本人而言，实在不容易。她的班主任这样介绍说。

倪小君是在唇枪舌剑中度过她的童年的。从记事起，她似乎很少享受到家境的宁和。父母亲虽然都是知识分子，却难隔几天不吵架；又怕丢了面子，常关起门来吵。倪小君放学回来，就蹲在门外哭，哭着哭着，就睡着在那里。邻居见了，无不心生怜悯。过早的失爱使她忧郁、内向。不久，父母离婚，倪小君判给母亲，她与母亲相依为命，落落寡欢。母亲很少跟她有温言细语，偶尔聊聊，便是天下男人不是东西，像你爸爸，这么狠心地甩了我们等这类话题。倪小君听了这些话，开始以一种异样的眼光盯视着这个世界尤其是异性世界。

十五岁的时候，倪小君已长成一个婷婷少女。她的座位偏后，后排有几个调皮的男生，时常为一点风吹草动起闹哄笑，这加深了她对男孩子的厌恶，有一次，她便向班主任告发他们，他们挨了处分，怀恨在心，趁她不在时，偷偷把她的椅子弄断了一条腿。她回来一坐，椅子一歪，便跌下去，后脑勺撞在后桌角，立即流出了血。这时候，体育委员陈吉站出来斥责那个恶作剧的同学，并陪她去校医务室，放学后又把她送到家里。

倪小君第一次对一个男孩充满了感激，并触发了她那个年龄最容易触发的“禁区”。她与陈吉早恋了。这其实是十分单纯幼稚的。但特殊家庭背景上生长的倪小君陷得很深，从此与陈吉形影不离。后来她才发觉，陈吉其实跟那几个闹事的男生处得很好，他们时常逃课，在街上胡逛，一起躲在教学楼后抽烟，看一些庸俗读物，甚至下乡偷农民的鸡鸭“野炊”。这些事败露后，他们受到严肃处分，陈吉被撤销了班委职务。“近墨者黑”，由于经常跟陈吉他们混在一起，倪小君已染上不少坏习气，甚至连抽烟、说粗话都学会了。班主任找她谈话，她置之不理，我行我素，就这样渐渐地坠入了“青春的误区”。她的母亲听到消息，差点气昏过去。

陈吉他们几个屡教不改，不久后在汽车站打架，偷扒旅客行李被抓获。陈吉被开除出校，另外有一名同学还被拘留。倪小君这次虽没有参与，但毕竟平时跟他们牵连较多，受到学校记大过处分。铁的现实和班主任耐心的启发教育使她后悔万分，她带着新的创伤投入了中考复习、考试。成绩揭晓，她勉强够得上本校高中部录取线，但考虑到她不光彩的过去，学校不予录取。回到家里，母亲声泪俱下训斥着她，她一头倒在床上，饭也不肯吃。

那天晚上，白发银银的老校长忽然前来家访。她语重心长地教育她，作为一个新中国少年，要好好做人，知错就改，不要因一时的挫折而灰心丧气。接着拿出一叠赖宁事迹的书和少年成才报道的剪报赠给她，说：“你好好读读这些文章，对照自己，为什么就不能像赖宁这些同龄人一样做有益于祖国的少年呢?”接着问她有没有决心，她含泪点头。校长和蔼地笑了，说：“那我们就再给你一次机会，破例录取你为高中部新生。”她激动地从床上跳起来，紧紧地与老校长拉了个手钩。

进入高中后，她一改从前，和同学们一道学习、生活。陈吉窜到学校找她，她想帮助他改过，但他听不进，她便毫不犹豫地把他驱出校门。这一年秋天，学校的图书馆被撬，一些书籍被捣毁。倪小君联想到陈吉他们被开除时曾发誓要报复学校的话，就向校方提供了线索，公安人员据此很快破了案。倪小君受到表彰，改变了她在同学们心目中的印象。初冬的一天，倪小君在校旁河边散步，两个寄宿生在河边洗饭盒，玩冰落水，倪小君和另外一个同学不顾一切冲下去，拉出了他们，自己却着凉在医院里躺了四天。四川大地震，倪小君带头捐款捐衣，成为该校向灾区人民伸出援助之手的第一位学生……这些是县台报道的事迹。

倪小君在进步，而且喜人地快。她的班主任说。

“小君的性格开朗多了，有许多好朋友，常在一起学习、旅游。”她的母亲擦着眼泪激动地说。

倪小君呢？她坐在我们面前，腼腆地微笑着，叙说着她的理想。跟一年前那个沉沦的女孩形象怎么也联系不起来，倪小君正在逐渐成长为一个谦逊、好学、上进的好少年，走向全新的天地。

第五支歌　一棵倔强的小草

在苏北里下河农村，我们在一条弯弯曲曲的小河边见到了小明玲的家。这是三间红砖平瓦的简陋的房子，和用竹篱笆围成的一个小小的院子。屋子里只有些桌椅床等必须的木质家具，收拾得整整齐齐。

明玲和妹妹明芳是这家的主人。就在这里，小姐妹俩相依为命，艰难而倔强地生活了好几个春秋了。

明玲十二岁的那年春节，全家四人正在欢欢喜喜地吃团圆饭，细心的妈妈忽然发现爸爸的一个手指又紫又肿。爸爸是个很能干的拖拉机手，他不在意地笑笑，说可能是不小心扭伤的。可几天后，紫肿不消，并向其他手指扩散，耳根部也出现了异色，全身不适。爸爸马上到医院检查，结果一出来，全家人呆住了：爸爸患上了可怕的淋巴癌。新年很快就跌进了巨大的悲哀中。爸爸住进医院，妈妈常年在医院服侍他，小姑娘明玲只好辍学在家料理家务，照顾刚刚入学的小妹妹明芳。细小的肩膀过早地担起了人生的重担。

不到一年，爸爸便离开了人世，家的拖拉机卖掉，加上原先劳动积累的一笔钱，刚够得上支付医药费。失去亲人的痛苦、繁重的田间劳动使妈妈常常病倒、累坏。地方政府在经济上救济了她们，村长安排左邻右舍帮助她们种些责任田，明玲得以复学。在课堂上，小明玲时时回忆爸爸的音容笑貌，回忆爸爸用温暖的大手，把她们姐妹俩抱上拖拉机，在乡村小道上急驰的欢乐情景，眼泪就悄然滑落在课本上。一年后，她考取了乡初级中学，可是更大的不幸突然降临了。她体弱多病、常年难以从精神和肉体的痛苦中解脱出来的母亲猝然去世，丢下了这个简陋的家。她们成了孤儿，少儿的幸福过早地从生活中消失了，两个小姑娘悲痛欲绝，生活在她们面前更严峻了。

为了让可怜的小姐妹像天下所有同龄人一样正常地成长，地方部门给予她们很多照顾。她家的责任地由村上派专人帮助收种，农业税、水电费、学费等全免。她们的一个远房奶奶住过来帮她们看家、干一些零碎活。不满十五的明玲成了这个家庭的主人，生活的磨难使她很快成为了一个“小大人”。

为了家庭的一些必要开支，她除了种责任地外，还养了一头猪，十来只鸡。每天，她看着启明星起床，摸黑烧出早饭，然后下地铲出一篮上午的猪草，回来后叫醒熟睡的妹妹，一起吃饭，及时赶到学校上课。中午回来，她就和远房奶奶一起切草喂猪饲鸡、烧午饭。下午放学回来，先下地铲草，再回家烧饭、照料家畜。夏天顶着烈日，冬天踏着冰冻，常常是灯灭声息，全村沉浸到酣睡之中，小明玲料理好妹妹上床睡去，自己才在枯黄的灯泡下做完家庭作业。家庭条件的限制使她们不得不省吃俭穿。有一次，邻居一位矿工回家探亲，送给她们一大捆棉纱手套，明芳就把它们拆成纱线，为妹妹打了一件“毛衣”。就这样，她以一个女孩难以想象的坚强毅力，读完了初中，毕业回来，妹妹也顺利地考入乡初中。其中的艰辛是不用数说的。在她家，我们见到了小姑娘的一双手，满是疤伤裂痕，刻满了岁月的磨炼，完全不像一双十七八岁少女的手。

我们问她，是什么信念支撑着她这样坚强地生活着。她含泪笑了，又深情地凝视着小柜上父母的遗像。她说，她要对得起可怜的父母，也要对得起父母一样的国家，以及这些年来照应着她们的乡亲师长。她初中毕业了，在农村算得上是有文化的人了，现在回家，要继续当好这个家，把父母未了结的夙愿都了结掉。她捧出妹妹明芳的一叠三好生证书和成绩单，眼睛里闪动着激动的光。她说："妹妹成绩一直很好，比我强，我要用我的劳动，使妹妹安心上学，考上中专，甚至大学。"

她黑瘦的脸上泛着红光，那么乐观、坚强，充满着信心和希望。

第六支歌　好歌源自无声处

她稳稳地走上舞台，抓起话筒。她的明亮的眸子在灯光变幻中闪着水灵而果敢的光。她向台下鞠了一躬，浅浅地微笑着转过身去，向伴奏机示意，她的蓝背带学生裙在卡拉OK带的音乐声中轻轻地飘忽着。

哦，随风漫漫游

飞翔在一个灿烂无垠的天空

哦，曾经有一个梦

追寻那变幻无穷的彩虹……

哦，坚持信心到最后

终会将梦变成功……

这是南京电视台举办的一个学生歌曲演唱大奖赛。她的不同于众的气质，她的用少年女声唱出的透彻着铿锵之气的男声流行歌曲，给评委和台下的观众留下了深刻的印象。大家用长久的注视和掌声赞许着这个编号五号的参赛者。比赛结果揭晓，她和另外三名女中学生一起夺得了这次大赛的一等奖。当音乐声响起，奖品盒和一束鲜花捧在胸前的时候，她显得比其他几个更激动：两线泪水夺眶涌出。敏捷的电视台记者很快将摄像灯光打在她白里透红的脸上……

是啊，怎能不叫她热泪纵横呢？她的思绪随着音乐飘飞着，飘飞到父母的心海，飘飞到少儿时光……有谁想到，这个用歌声为自己的人生赢得第一片掌声的女孩来自一个无声的家庭、有着近五年不会讲话的幼年呢？

十六年前，当她现在的这些获奖同伴一个个从音乐世家，从知识分子、干部家庭，从健全的父母的爱中幸福地分娩出来时，她也在一片默默中降临到人间。她的爸爸和妈妈，一个是一家汽配厂的焊接工，一个是食品厂的包装工，两人都是先天性聋哑人。她是他们无声之爱的辛酸而又幸运的结晶。小屋里，她的啼哭带给这对聋哑夫妇惊喜的热泪。虽然他们不能听到女儿的哭声，但她漂亮的小脸蛋，骨碌碌的大眼睛，哭张的小嘴和大人们拍掌时她面部神态的颤动都说明了，这是一个美丽而健康的女婴。从此，这个家庭充满了有声的希望。

由于父母不能说话，对她的启蒙教育就变得异常的艰难。但父母亲都是聋哑学校的毕业生，有着一定的文化素养。他们想方设法让女儿得到有声教育。他们省吃俭用，为女儿买了收录机，每天定时拧开广播或放录音带。这种特殊的启蒙方式使电传声和音乐首先闯进了一个婴儿的全新世界，她对此产生了强烈的好感和敏锐的接受力。然而这种教育毕竟是畸形的、单向的、机械的，得不到任何主观性正常交流，导致她四岁多了，还不能完整流利讲话。为了改变这种情况，父母将她寄养到亲戚家，会说话后，又很快将她送到幼儿园。

家庭环境使她养成了比较孤僻的性格。在校，她不大参加集体活动。有一个姓黄的女老师了解到她的家庭情况，很同情她，经常带她出去玩，跟她谈心。有一次开班级文娱晚会，黄老师让她主持。她慌了，不肯接受，在大家的一致鼓励下，她第一次参与集体活动，而且是以主持人的身份。她内心很激动，还唱了一支《让我们荡起双桨》的歌。黄老师听了，惊喜地抱住她瘦小的肩膀说："你的音质太好了。以后要多表现，说不定能成为一个歌唱家呢!"

爸爸妈妈也处处为她着想。他们不能用语言来表达对女儿的爱，更听不到女儿的反馈，但像天下所有善良的父母一样，他们也有一颗为女儿搏动的爱心，指望女儿出息成人，弥补他们因生理缺陷而不能实现的诸多美好愿望。他们将这些化在脉脉含情的目光中，溶在他们的行动里。他们给她买了电子琴、买电视机，请家庭教师；常常在一旁端详女儿弹琴的手，注视女儿看电视时的反应，脸上露出自豪的微笑。上到初中时，她渐渐懂得了这种微笑的厚重，同时，一个强烈的愿望也在心中萌芽了：当一个歌唱家，让生活中充满了歌声。有一次，她把这个愿望在作文里写了出来，老师一念，全班同学报以热烈的掌声。

从此，那间沉闷小屋里充满了她稚嫩的歌声。她每天坚持利用课余时间学习乐理基础知识，练习弹琴，提吊嗓子。……

她爱她的默默无闻的父母，她说，父母其实无时无刻不在为她从心里唱着一支歌，她的歌其实是这支歌的延续。尤其是爸爸，虽然是个聋哑人，但他深沉、坚毅、勤劳、上进。在家在厂，他总是抢着干活，时间观念极强；许多男人身上的抽烟喝酒等俗习他一点不染。他是连续好几年的区市劳模，用他踏踏实实的作风赢得了人们的尊敬，也影响了下一代。第一次，女儿将在少年歌咏比赛中得奖的证书捧回来给他看时，他竟喜悦得流下眼泪。

小学，初中，直到目前的高一，她已多次在区、市各种演唱比赛中得奖，比起那些在省、全国甚至国际上露名夺榜的少年之星，她还很不起眼，但对她，对这样一位双亲聋哑的女孩来说，能坚定地抱负着走上艺术之路的决心，并不懈为之努力，取得一步步的成绩，这是多么难能可贵！

不抱怨命运所失太多

让我潇洒地向前走

坚持一天一个希望的音符

把人生谱成波动的歌……

她的歌声久久地回旋在我们心中。

六支歌唱完了，循着这个旋律，还有第七支，第八支，第九支……数不清的歌在这个明媚的初春世界荡漾。

你是一颗红草莓

导读：为了尊重死者和他的活着的伙伴们，我原原本本地讲述这个故事。否则，我不敢正视这群小男子汉们的双双泪眼，他们向我倾吐青春的那段忧伤和情感经历时，仍动辄哽声难言。

他们起身告辞，他们中的主角应臻恺迟走一步，在我的笔记簿上写下一大串名单。

南京二十九中学——应臻恺　周东辉　胡　铭
孙德伟　刘巨波　韩　瑜
夏　晨　葛　亮

南京宁海中学——林　浩　方　可　郭正球
丁建湖

……

他一笔一画，写得很吃力。好像一边在思考着什么，末了，他说：我不太懂写作，但我能说一句兴许对这篇文章有用的大实话：我厌恶目前我们许多中学生情感冷漠，交际物化，口头上却大唱爱祖国爱人民，一个人对他的同学、朋友尚不能真诚地友爱，哪能具备爱国爱人民的宽大广阔胸怀？

一

翻开日历：二月十三日，农历正是小年夜，南京二十九中的高三学生应臻恺像往常一样，走出河海大学家属区，来到父亲的工作单位河海大学河海馆，准备与他的伙伴林浩等一起，在河海馆的一间空闲的办公室内复习功课，以迎接翘首便可望及的“灰色的七月”。他夹着厚厚的复习资料，走出电梯，来到那间办公室前，异样的寂静立即随着一股寒风包围了他。他稍稍一怔，平时多是先他一步到达的林浩今天竟未到！办公室锁得紧紧的，里边一片漆黑。

应臻恺打开门，拧亮电灯，一个人边看书边等林浩。一堂课的时间转眼过去，门外寂静依旧，他心烦意乱地丢开书本，从窗口探出头向下望，只见河海馆的路灯一闪一烁，发出青青的光亮，投注在越来越稀少的行人身上，就是不见林浩那熟悉的、瘦小的影子。

他不禁有些生气，将窗户砰然关上，有点不耐烦地掷自己在沙发上，胡乱地翻着课本，并不无赌气似的拆开一包草莓干儿，这是林浩喜欢吃的，应臻恺专为两人复习时解馋之需，用零花钱从街上小卖部买来的。既然他不来，小应就一个人吃起来。边吃边看书边想林浩这几天种种不积极的表现：动辄迟到，复习时无精打采，熬不得一点夜，自己基础不好却吃不得苦，佛脚也不抱好，三天一头疼，五天一疲乏……应臻恺越想越气，看看手表，快过八点了，便决定“杀”上林浩的家门。剩下四个月就要高考了，不能让林浩一人破坏了哥几个“背水一仗”的共同协约，更不能眼睁睁地看着林浩三天打鱼两天晒网地混下去。

应臻恺匆匆地奔下河海馆，穿过西康路来到三号住宅区，登上林浩家的那栋楼，顾不得喘气，便重重地、带了点兴师问罪的意味拍打起门板。

门，过了片刻才开，眼前出现了林浩母亲红肿的双眼。应臻恺心里一慌，一个踉跄进了屋，一肚子的怨气变成一句迟疑的询问：

“阿姨……林浩呢？怎么——没去复习？”

泪，从林浩母亲的眼眶里急涌而出，她哽哽咽咽地告诉说，林浩病了，已经送进省人民医院抢救。

“抢救？”应臻恺拔腿就往门外走，走出去，又急急回头问：“什么病？住哪个病区？”

门里传来哽咽而嘶哑的声音：“血液科……”

应臻恺觉得一股热浪冲头而来，差点从楼梯口跌下去，他忘了拧亮楼梯灯，在黑暗里一个劲儿向下跑。跑出家属区，跑上通往人民医院的狭小黑暗的虎踞关路。林浩的母亲说是“血液科”，难道会是……他不敢再往下想，怕被自己想出的结论打垮，失去向前跑的勇气。但林浩清瘦的、泛白的面庞却在眼前频繁地晃来晃去。

不可思议，昨天晚上，他们还在一起争论过一道数学题，偷抽过一支烟解乏……

上一个周末，他们还在南师大的足球场上踢过一场球，林浩矮小，但很有力量，踢进一球高呼“马拉多纳”一声！……

一转眼怎么会住进“血液科”抢救？

他一口气走出虎踞关，拐上广州路，来到省人民医院大门外时，正遇上迎面而来的一群神色沮丧的伙伴，林浩所在的宁海中学的郭正球、方可，还有二十九中的胡铭、周东辉等，他们拉住了差点错肩而过的应臻恺，告诉他那可怕的、十六七岁的头脑不敢接受的消息：林浩患的是血癌白血病。

伙伴们蹲在省人民医院的围墙下的树荫里抱头抽泣了一会儿，然后便协商：事已至此，怎么办？

谁也不知道该怎么办？

应臻恺还没有见到林浩，伙伴们让他先进去，不过好歹先瞒病人实情，让他多一天快乐吧。应臻恺走进病房，眼泪又忍不住溢出来，他透过蒙着一层水汽的玻璃窗，看见林浩躺在那儿吊水，他使劲用衣袖揩干了自己的眼睛，克制了好一会儿，稍稍平静，便跨进病房，同时竭力地、大老远就冲林浩嘻嘻一笑：

“嘿！林浩，我当你又想躲懒不去复习呢，等得我好苦。”

林浩偏偏苍白的小脸，很勉强地回报了一笑说：“对不起……我……”两滴泪便滑出来。

“嘿！”应臻恺拖了一张椅子在他床头坐下，笑嘻嘻地说：“没啥关系的！过几天等你的病好了，再补习不迟，大男人啦流什么泪！”

应臻恺陪着林浩谈笑风生，直到三大瓶水吊完，病人该休息了，他才走了出来。夜很黑，空气湿润而寒冷，但小年夜的热闹还在这个传统的国度里，从千家万户播散开来，断断续续，此起彼伏的鞭炮声回响在大街小巷。回到家里，应臻恺的家人正在烧煮年食，香味弥漫。要是往年，他一定先跑进厨房，尝上一块妈妈烧的南京板鸭，可现在他把自己关在小房间里，昏昏然中思绪万千。头脑里怎么抹也抹不去林浩的影子，抹不去跟林浩相识相处的一幕幕……

林浩是初一时从温州转学到南京宁海中学来的，年龄偏小，他生得也很矮小，完全没有脱小学生味，大而略凹陷的眼睛里充满稚气。上学放学，他们正好是一路，但应臻恺并没有把这个新来的小不点儿放在眼里。不久，林浩与同学邱爽为一件小事吵架，林浩很犟，毫不示弱，事后知道自己有错，在一个课间活动时，林浩当着一群同学的面，主动向邱爽道歉，这种勇气在男孩中并不多见。邱爽很不好意思，红着脸搂着林浩的肩，从此两人成了好朋友，应臻恺等也对林浩刮目相看起来。

有一次，记得那是紧张的初二复习期间，自修课时，教室里有一块天花板突然松动，似要掉落却又未掉落，挂在那儿，随时有可能砸下来。那块板下正好是女生座，胆小的女生吓得纷纷离座，男生们就势起哄，吓唬女生，看女生的热闹。这时，林浩不声不响地取来打扫天花板的长柄竹扫，站到课桌上，把那块天花板弄了下来。有一个调皮蛋风言风语地说了一声“英雄为美人卖命”，男生们“哗”然而笑，林浩小脸通红，一声不吭地回到位子上。

但林浩并不是什么好学生，首先是他的学习成绩平平，刚从温州转来时全班名次倒数，后来蛮用功，上去了，初中毕业顺利考取本校高中部。其次是他年轻不懂事，好胜，性子又直，常常跟同学闹不愉快，又爱挑老师的毛病，卖小聪明，所以，一向喜欢乖顺的老师缺乏对他的了解，就视之为“差生”。

尽管这样，他的人缘很好，在同学中很受欢迎，有一大群朋友。初中毕业应臻恺和一部分同学考入外校（二十九中）高中部，但友谊并未因此中断，应林两家又住得靠近，放学后，星期天假日依然能玩到一块儿。他们都有些贪玩，并在玩的过程中，染上了抽烟等坏习气。进入高三，他们才觉得了青春所失太多，于是协约，赶紧补习功课，迎接高考……可谁料到竟潜入这样一个病魔，而且充满着死神的威胁？

应臻恺又下意识地点了一支烟，两滴眼泪在烟雾中隐现。母亲进房来给他送吃的，他竟没有发觉。见他抽烟，母亲有些恼火地将碗顿在茶几上，但她忽然发觉了儿子神色的异常，和那两滴泪，便问：“怎么了？”

“林浩得了白血病。”

母亲吓了一跳，过了好一会儿，悄悄掩上门出去。这回，她原谅了儿子的抽烟。

二

第二天是除夕，鞭炮声在这个古老的六朝之都里响成一片。

应臻恺和伙伴们失去了往年除夕的欢乐，他们把那捆跟林浩一起凑零花钱买的烟花塞到了屋角。从这一天起，开始了不厌其烦的在医院、家、学校之间的奔波。

林浩的病属急性，来得很快。他们第二次去看望他时，他已高烧到39度半。第三次去看望他时，体温继续上升，十来天后，他又突然发寒，神志不清，只是一个劲儿叫冷，要人给他焐焐冰冷、麻木的手。医生开始为他输送血浆。

应臻恺和伙伴们去看林浩，每次，林浩都死死地拉住他们的手不放，眼睛里流露出哀婉、凄然的神色。他们竭力地克制着，不让泪在林浩面前流出来。他们想方设法，一面隐瞒病情，一面创造跟林浩在一起的娱乐机会。林浩以前爱听相声，他们便把春节联欢晚会和元宵晚会的相声录音带拿过来，放给他听。听着、听着，林浩便有点忘情地笑起来，但表情那样的艰涩，善良脆弱的女同学姗姗见此情景，泪便涌出来。林浩的笑忽然僵在脸上，过了好一会儿，他转过脸对她说：“你哭了，姗姗?”

姗姗说:“没有啊,我是笑的,一听冯巩的声音我就忍不住……笑出泪来了。”

他们赶紧否认。这一次分手,林浩没有像往常那样抓住他们的手不放,而且以后再也不表露半点恋恋不舍挽留的意思。他对应臻恺说;“你记得我爱听的齐秦的几首歌吗?帮我把那歌碟找来,以后你们就不必来了,我有歌听就行。”

“是《飞扬的梦》,还是《你像往常一样的温柔》?”

林浩点点头,便不再理伙伴们,以此来下逐客令,伙伴们心里很难过。这一天,应臻恺跑上街找齐秦的歌碟,正好碰到一位任课老师,他把应臻恺叫到街角,严肃地批评起来,责问他为什么大白天不好好复习功课,跑出来逛街。应臻恺想了想,便把实情告诉了老师,老师有点生气地说:“少找借口,即使是真的,犯得着一而再、再而三地旷课往医院跑吗?你多跑几趟就能治好他的病?一个同学生病,那么多同学放下紧张复习,在这个人生前途的关键时期,值得吗?”

同样的情况在其他同学身上也发生了,他们的老师和家长开始不满于他们滥用紧张的高考复习时间。应臻恺心里很矛盾,把歌碟送给林浩后,他强迫自己静下心来,投入到题海中去。他决定不到周末,不再往医院跑。好容易坚持到星期六,整个上午,应臻恺心里翻江倒海,牵挂着林浩。放学后,他顾不得回去吃午饭,骑着车向医院奔去。

几天不见，林浩的病情又恶化了一大步。一张病危通知单已送到了家长的手中，病号服上套了一件黑色毛里夹克衫的林浩半躺在那里，脸上毫无血色。他已经半身瘫痪，而且肝、脾、肺等内脏出现并发症，众多病魔同时扼住了他那十七岁，像根豆芽菜一样软弱、纤细的生命之躯。

懊悔和悲痛侵袭着应臻恺的全身。他伏在林浩的身边，紧紧地握住他的一只手。林浩吃力地蠕动着肿裂的双唇说："不是让你不要再来，好好复习的吗？"

"今天是周末。"应臻恺说："周末应该玩。"

林浩摇摇头，把手从朋友温热的手掌中抽出来说："不对，我们从前玩得太多，现在应该多补上点时间，恺，我现在有点后悔……"

应臻恺把泪脸埋在药味浓烈的被子上。床头的小机器轻轻地唱着齐秦的老歌：

你像往常一样的温柔
牵着我的手
慢慢地最好是分手……
当我的泪水如流星坠落
当我的心已不能完整拼凑……

三

三月早春的微风初来乍到。暖洋洋的气息开始在石城大地上蒸腾，一些性急的树枝已急不可耐地吐出了绿绿的点点，应臻恺打开了关了一个冬季的窗户，想让新春的空气冲淡大家沉郁的心情。

星期天，在宁海中学的一些同学和二十九中的几位好朋友聚在应的小房间里，商量如何尽自己一份力量，为病人减轻痛苦，唤回一点希望。

有一位伙伴提出，他的父亲是林浩父亲工作单位的领导，他已经求父亲帮忙，多多资助林浩的医药费，因为公费医疗改革，国家对病人医药费报销有一定限度，而林浩这样的恶性病开支特别大，已拖垮了家庭薄弱的经济。

宁海中学的几位同学则把四处搜集的医学信息拿出来。他们找出《扬子晚报》和《健康报》上的几篇报道，说上海和广州医疗技术先进，可以通过换骨髓的方法根绝血癌细胞。

一位同学的父亲在医学部门工作，这位同学马上提出愿意求助于父亲，帮助联系工人医院血液科，军区医院血液科。

应臻恺的心里想的却不是这些，他知道，就目前的情况来看，林浩凶多吉少，生命的时光不会很长。在这所剩的极有限的时间里，林浩最需要的是什么？当然是亲情友谊，是精神上的依偎。作为曾经朝夕相处的朋友、同学，难道没有责任创造条件，给林浩的生命留一个灿烂的尾音？可是，眼下面临的是五月初的预考和七月初的高考，耽误一天，就多一份被激烈竞争淘汰的可能性，一生的前途将受到重大影响，难道……

聚会结束后，应臻恺和伙伴们又来到人民医院看林浩。医生被这群纯情少年感动了，主任医师将他们叫到走廊上，告诉他们，医院将尽全力抢救林浩，现在已制定几套方案进行会诊，并从香港进了药给病人用，目前是关键期，如果林浩能挺过这两天半，或许希望就有了。医师的话像一剂兴奋剂注入伙伴们心中。这天，他们在林浩的病房里玩了很久，有的人陪林浩，有的人则帮助打扫病房，把痰盂洗得干干净净，地板拖得光光亮亮，将同病房每个病人的水瓶都灌得满满。要知道，平时在家里，他们大都是不扶油瓶的“少爷小姐”。

这天晚上，伙伴们突发奇想，决定去鸡鸣寺烧香拜佛。尽管是违心的，但少年人侥幸、脆弱而又善良的心理支配着一言一行，能挣一线线希望也好。这群平时参观佛寺嘻嘻哈哈、指手画脚的新一代少年，第一次变得特别老成，虔诚，他们每人买了一大把香，对着鸡鸣寺内的佛像频频叩头，并像老信徒一样唠唠叨叨地替林浩祈求保佑，一直到很晚才分手回家。

后来的两天，像奇迹一样，林浩果真精神好转，他们十分高兴，于是每天放学后结伴去鸡鸣寺烧香。

矛盾依然折磨着应臻恺和他的伙伴。星期四的地理课上，老师将模拟试卷发放下来，应臻恺的成绩又下降了。有一股委屈的泪含在眼里，地理老师是一位参加工作不久的师大毕业生，跟学生从来平等相处，对学生的了解也特别深刻。他主动找应臻恺谈心，应臻恺就吐露出自己的心思和矛盾，最后应臻恺谈了他的想法：

“知心朋友生命垂危，我怎么忍心置之不管？一个人将来即使前途再大，钱再多，但如果曾自私地无视同学、朋友的痛苦，那又有什么意义？如果那样做了，于心能安宁吗？至少我做不来，林浩需要我。”

地理老师沉默了一会儿，拍拍他的肩说；“我同意你的意见，病人需要你就去看看他，也算是给他的生命以最后一片绿叶，在爱中幸福离去……学校领导和班主任对你们复习分心意见很大，我会替你们解释的，我们做老师的争取一些时间额外辅导你们，你们自己也要合理安排，鸡鸣寺就不要去浪费时间了……”

应臻恺感激地点点头。

从那天晚上起，应臻恺连续守在林浩身边好几天。几天的亢奋后，林浩重新陷入了垂危。他的高烧发到四十五度，心跳达到二百四，这是一个十分难以忍受的热度。林浩已经讲话口齿不清，全身也不太能动弹，只有手尚有一点力气，头脑也还清楚。有一次，他伸出手，示意把笔给他，然后，他十分艰难地摸摸索索在纸片上写下“不要抽烟，保重！亲亲我”几个模模糊糊难辨的字。

应臻恺和伙伴们依次在他的额上轻轻一吻，他们知道这一吻意味着什么，眼泪再一次不能克制地涌上大家的脸庞，病友们见此情景，都掉过头去抹泪。

这天晚上回来，应臻恺把藏在小书柜里的半条香烟踩烂，扔进了楼下的垃圾箱。

四

林浩已经不省人事，但是白天，他一度清醒时，忽然念叨着想吃一颗新鲜的红草莓。这个十七岁梦幻之龄的男孩子，在白色的病房里关了几十天，对生命的色彩自然产生了丰富的想象。一粒带着绿叶和晨露的新鲜红草莓，多么的玲珑、鲜艳而又美丽，那是颗弱小的生命，却饱含着浓郁的滋味和饱满的水分，它结在春天的哪一个角落？它在哪一流溪边？在哪一丛树下，哪一方绿草里？林浩显然沉浸在某种幻象之中，他干渴的双唇一张一合，急促地呼唤着：

"红草莓，红草莓……"

在回家的路上，姗姗含着泪说："现在是早春，草莓还没开花呢，哪儿找草莓呢？我恨不得自己变成颗草莓。"

但林浩最后的愿望就凝结在这颗小小的果子上，他太热爱这鲜艳的小生命了。应臻恺清楚地记得每年春天，他们去东郊紫金山郊游，在林间小路的两旁长满了野草莓，春暖花开后，那些红果星星点点装缀着万丛绿色。那个时候，林浩总是钻进树丛采摘一颗颗野草莓。有一次他被野草莓的美丽陶醉了。就一颗一颗地填了十几颗野草莓进肚子，应臻恺制止他，他硬是不听，被野草莓的青涩酸得龇牙咧嘴，双眉紧蹙，伙伴们都哈哈大笑，他却若无其事地舔着嘴唇，又示威性地向嘴里扔进一颗。结果，他腹泻了两天……这一幕幕情景，应臻恺怎能忘记呢？

应臻恺马上打电话告诉伙伴们这个消息。半个小时后，伙伴们来了。对着十分为难的问题，他们七嘴八舌地出着主意，谁也想不出十分理想的办法，能尽快从这个茫茫大城的三月，弄到新鲜的红草莓。最后，他们决定征得家长和老师的同意，分头行动起来，寻找哪怕是极微小的一线线希望。

这一夜，应臻恺又是没有入眠，第二天，他揉着红肿的眼睛对母亲说明了情况。面对唯一的儿子，望子成龙的母亲有些酸楚，但她理解儿子，她从抽屉里拿出一些钱塞在儿子手里，说："就是高价，不管多少元一颗也要买一颗。"

这一天，望子成龙的母亲们都理解了儿子。

学校老师对一群为垂危的伙伴寻找红草莓的学生默许了。年轻的地理老师还帮他们提供了线索，说：如果实在弄不到新鲜野生草莓，不妨到一些大型冷藏库和宾馆看看，那些反季节蔬菜水果，虽然由人工栽培不及野生的自然，但毕竟可以取代呵。

清晨的太阳洒着草莓红。年轻的身影奔跑在大城市的角角落落。

在南京最西北的下关冷库，两个同学通过父亲的熟人找到了保管员，保管员无可奈何地摇摇头。

在市中心的鼓楼冷藏柜，一位工作人员满怀歉意地望着两个满头大汗的中学生求助者。

在电信大楼里，一位同学找来他的父亲，拨通了上海的电话，他指望从上海飞南京的鲜食空运机能携一点红草莓来。

在新街口的大饭店——著名的金陵饭店，一位膳食采购部管理人皱起了眉头，对着老同学介绍的前来寻找草莓的中学生，对着他们焦灼的泪眼，他内心十分感动。他把饭店的食谱和仓库存货单一页一页地翻查了一遍，最后，他忽然想起了一种名叫"一点红"的贵宾早点，是因了在糕点正中嵌着一颗红草莓而得名的。他马上拨通早餐部的电话。询问现在还有没有这种早点，他亲自领着几位少年来到早餐部，当一撮红草莓从鲜藏柜的一角取出，带着水汽，泛着鲜艳的光泽时，少年们热泪盈眶，向饭店的叔叔们深鞠一躬……

像奇迹一样，红草莓终于来到了林浩的病床前，在药味浓烈的病房里，在被单雪白的病床上，在十七岁少年林浩惨白枯裂的唇间，它散发着幽幽的甜香，流淌着凉爽的、浓醇的甘汁，永远地滋润着一个仓促的青春，圆满了十七岁最后飞扬的梦。

在朦胧的意识里，在生命之终的神游里，他看见自己拥着那撮小小生命，轻吻着，吮吸着，他在心里默念着：谢谢，谢谢……

十几颗友爱善良的心感到那脉甘汁也深深地流进了自己的身体

里，愈合了悲伤的皲裂。在他们泪眼里，他们变成了早春的鲜草莓，及时地在一棵早逝的青春树周围生长着，默默地生长着。

五

朋友们陪伴林浩度过了他生命中最后一缕灿烂时光后，匆匆返校。他们带着几分痛苦、几分慰藉和几分慌张，投入了已经进入尾声的那场决定一生前途的高考预考复习。那一年夏天，他们中有的进入了高校，有的进入了职大、电大。应臻恺等另外一些同学则永远地告别了学生生涯，不能否认，那场疲惫的为期不短的心灵和肉体的奔波使他们在自己的前程之路上落后一截。

“后悔吗?”我问如今正在一边工作、一边读夜大的应臻恺。

“问这话的不止你一个。”他说。

有好一会儿，他沉默不言。后来他讲了两件事，一是在高考揭榜后，他和落榜的那几位好朋友决定去学校做个告别，尤其是向年轻的地理老师告别。他们在校门口正好碰到地理老师推辆车出来。他们把凑钱买的几包烟拿出来——地理老师是个“瘾君子”。他们实在找不出更好的感激方式，尽管他们落榜了，但那是知识上的不成功，不是情操上的失败！他们把烟往他口袋里揣，他不肯要，一直纠缠了二百多米路，他终于没拗过他们，站在那儿，满脸憋得通红，一句话说不出来。他是第一次“收”学生的“礼”。

第二件事是应臻恺和姗姗毕业后成了一对恋人。应臻恺说，在林浩没有生病时，姗姗一直对林浩和他没有好感。这件事后，他们发现了彼此的做人素质、为人心地。他们互相获得了对方。他说，或许将来他们没有辉煌的前途，但作为普通的人，他们将感受到另一条道路上未必能有的美好和幸运。

是的，像红草莓一样，不能广阔的生存，但是很丰富，很美好，也很幸运。我由衷地祝福他们。

郑小舟与自己的一场战争

导读:2009年的一份联合国教科文组织警示报告指出:21世纪人类健康的外在最大杀手是环境污染,而内在最大杀手是心理疾病。

由此,我要讲一个"郑小舟与自己的一场战争"的故事。一个成功地进行精神自救的典范。

一、进入大学不久,郑小舟在紫金山坐了一个通宵,他看到了硝烟正起……

郑小舟到大学报到,他的父母一直把他送到床边。父亲是南昌一个大型国营企业的人事干部,母亲是师范学校的音乐教师,应该说,父母亲还是很懂得教育的。他们对儿子不像许多家长对独生子女的放纵与顺从,而是小节必拘,比较严格。父母亲帮小舟搁下行李,就要求他自己铺床叠被撑蚊帐。然后,父母亲坐在床边,一五一十地对郑小舟的生活做安排。比如,要他勤换洗衣服,保持清洁良好的形象。母亲特别强调,头发要理得短些,精干些,走路要抬头挺胸,拿出些精神来,这是一个成功者必不可少的面貌。父亲则强调,学习成绩要搞好,而且应该学有专长，不要混七混八。

父亲还说，人宁清高，勿俗气，只要根基扎实，何惧鹤立鸡群？接着，他搁下一箱从南昌带来的书籍，一大堆名人传记、文学名著，要郑小舟有计划地阅读。母亲则特意跑到南京音像发行社买了一些世界名曲，送给郑小舟。她以身说法，要郑小舟懂一些高雅艺术，切不要听流行歌曲，跟不三不四的小青年似的。

父母亲最不放心的，还是郑小舟的为人处世，郑小舟第一次远离家乡父母，第一次独立与老师同学相处，能不能把握好分寸？为此，父母亲特意在南京多逗留了两天，目的是“观察观察郑小舟的同学，尤其是同宿舍的同学”。临别时，父母亲帮郑小舟仔细地分析了他的七个室友，说那个瘦大个抽烟，有社会不良习气，河南的那个同学小农意识太强，两个徐州籍的同学有些帮派气，注意与他们的距离。郑小舟听得直皱眉，母亲就责怪说，我和你爸是有经验的过来人，一个人在一个集体里既要保持洁身自好，又要能被接纳，不了解周围人的品性，行不通。

父母亲总是为郑小舟想得很周到。

郑小舟中等身材，脸色呈现出城市少年才有的那种雪白。他说话轻言慢语，分寸恰当，显示出知识家庭才有的那种修养。在新集体里，头两个月他给人留下的印象不错，加之高分考进，中学时一直担任班级干部，于是他被推选为副班长。这使他兴奋了好几天。几天后，他发觉大学里副班长不好当，负责考勤，同学旷课迟到，不向老师反映是渎职，反映吧，难免得罪人。最让他受不了的是，每天晨操，副班长要站到队伍最前面，与体育委员一起带操，并跑步向总操长报告全班出勤情况。体育委员是个湖南籍胖女孩，瘦削削的郑小舟并排与她站在前列，自己觉得滑稽难堪，常常如芒在背。这种感觉的存在使郑小舟注意力分散，常常操不对拍，引起后面的同学嗤笑，郑小舟简直想钻进地里去。他找到年级辅导员，要求辞职或换个职位。辅导员问其原因，他当然不肯明讲。辅导员最后准了他，让他与团支部副书记对换。

郑小舟不太喜欢他的宿舍。室友们喜欢乱起哄，一个人有吃的，其他人（除了郑小舟）扑上去剿灭一空。臭袜子到处乱丢。最令他头疼的是晚上的“卧谈会”，乌七八糟，什么都讲，有时甚至根据美丑的等级，将班上的女生排名，还封什么“美腿小姐”、“美目小姐”、“丰唇小姐”、“小腰小姐”。郑小舟斥责他们“无聊”，可是大家就是改不了。郑小舟一气之下，不再参加他们的任何谈话，一回宿舍，就将“随身听”的耳机塞进耳眼，欣赏他的肖邦莫扎特柴可夫斯基。使郑小舟莫名其妙的是，他这样一来，同学们对他很客气，三言两语彬彬有礼，郑小舟自认为这种距离恰到好处，不合污又不伤和气，可一旦遇到事，他们竟全反目不认人了。班级搞新生金秋文娱晚会，团支书因病休假，组织晚会的担子落到郑小舟肩上。郑小舟到同学们中落实节目，许多人不肯表演，还风言风语讲什么“平时不理我们，现在用得着了就来套近乎”之类。郑小舟驳斥说，公是公私是私，班团活动是大家的活动，谁套谁的近乎？可有些同学不理他这一套高论。那天晚会只到了一半男生和三分之二的女生,差点砸了锅。

郑小舟感到自己的一片苦心换得如此丢面子的下场,实在不公平。大学里的学生干部远不如中学里那么轻松好当,白白付出这么多汗水值得吗?郑小舟反复问自己。他想去向辅导员倾诉,可想想辅导员也是个凡夫俗子,星期天不也跑到学生宿舍与大伙儿一起玩纸牌吗?说不定讨个"要团结同学"之类的套话。郑小舟为此失眠了好几夜,只能在日记里向自己倾诉烦恼。

到了周末,郑小舟想再努力一次,他在吃晚饭的时候对室友们说,我请大家看电影。室友们一齐愣住了,那种惊讶得怪异的神情使郑小舟实在难以忍受。

"我们七个正准备去找女生学交谊舞,要不,你跟我们一起去!"

郑小舟得到的是这样的回答。他的眼前出现了伸长脖子在女生宿舍楼下大喊大叫的种种丑态。算了!他说完,失望地走出宿舍,一个人出了校门在大街上溜达。此时,他的心里忽然有了一种远远逃避什么的欲望,而且,他很想学学有些人斜叼一支烟的样子。于是,他在一个街边小店,满面羞愧地买了一包"三五"烟,怀揣着它爬上通往东郊紫金山风景区的公共汽车。

郑小舟在紫金山山上坐了一夜。这一夜,他不停地抽烟,因为未带火柴,他进山时向路人借火点燃第一支烟,待欲燃完,不得不续第二支,就这样一直续完二十支烟，天色便渐渐亮了。他想了许多问题，觉得大学跟中学太不一样，大学太复杂，江苏这个地方的人也太坏，觉得这样下去很孤立，不这样下去恐怕又要荒废做人的准则。……回到学校，他还在想，头眼昏花，满嘴烟臭，爬上床，睡到中午被同学们吵醒。他一骨碌爬起来，这时大个儿室友开玩笑说，郑副书记，您一夜未归是不是用公款泡妞去了？

同学们大笑。郑小舟感到血直往脸上涌，他骂了一句“下流”，便下定了决心。他抓起桌上练字的毛笔，刷了“举世皆浑，唯我独清”几个大字，当着同学们的面贴在床头，然后，又起草了一份辞职报告，送到系里。他有孤注一掷的战斗感。

二、他感到一股强大的敌人向他轮流逼近，他全线崩溃……

郑小舟以为系里的老师会挽留他，可他们只问郑小舟是否真的考虑成熟了？郑小舟点头，他们便同意他辞了职。郑小舟负气地走出系大楼。到此时，大学里的光圈在他眼里消失殆尽，他心里很难过。他坚信他的能力、品格和涵养都是优秀的。这种自信是整个中小学时代确定下来的。他记得十二个学年他有二十四张三好学生奖状。毕业年他不想当班干部，高三的班主任老师一直追到他家里，劝他的父母帮助做工作，说班长非郑小舟这样的好同学莫属，并保证郑小舟只挂名，不需分精力搞班级工作，郑小舟才答应。

中学的同学只顾学习，很少婆婆妈妈管他人的闲事，同学们有话多说，无话少说，相遇平和……哪像大学里这般“乌烟瘴气”。他听说系学生会一名干部请假回家看望重病的父亲，竟有同学背后使手脚，写匿名信给系主任状告其旷课；他还看到有些同学很精通社会上的一套，相互请喝酒，见面递烟，说奉承话，搞虚假客套……想到此，郑小舟陡然觉得自己浑然一身正气，“唯我独清”，是的，应该有此精神。“从今天起，放弃一切非分念头，身外之物是空的，学习成绩好是真的，我就是我！郑小舟不败！”他在当天的日记中写道。

郑小舟一头扎到学习中去。笔者曾得到郑小舟亲自提供的数页日记，其中有该时期的学习计划（征得他的同意，下文还将引用一些日记原文）：

“① 每天早晨六点起床，六点半至八点读英语或人生哲学、大学生修养等书籍；② 午睡不得过两点钟；③ 晚自修从七点至十点，十点至十一点听广播或音乐；④ 每天布置的作业当天完成；⑤ 不管其他人的闲事，以防得罪人，心里不痛快，在搞好同学关系的同时，树立自己的形象，自尊自强，爱憎分明；⑥ 坚决不再干那丑事，否则是小人；⑦ 战胜各种敌人，消除自己的耻辱，不胡思乱想，不谈恋爱，不羡慕别人有女朋友；⑧ 以上坚决执行！（另外，要轻松愉快！）”

从郑小舟这份计划，不难看出他已陷入种种矛盾。一方面，他将自己的活动限死在固定的时间块里；另一方面，他又告诫自己必须轻松愉快。一方面，他想我行我素，把握自己独立的人格；另一方面，他又并非不在乎别人的评价，想搞好同学关系，无法超脱。另外，从⑥中，我们可以看出，郑小舟有手淫的习惯。他憎恶自己，决心改却难以做到，所以反复强调要读人生哲学和修养之类的书籍，同时他欠缺青春期卫生教育，难以正视正常的生理现象，故称为“丑事”。

事实上，不折不扣地实行一份极端情绪下制定出的计划，对谁都不是一件易事。郑小舟是一名普通的大学生，他不可能成为一份计划的奴隶；这一学期的期末考试，他的学习成绩不过在班上排十几名。而看起来，他是班上投入学习时间最多、参加活动最少的人！这种打击差点使他不能承受。他感到一些同学考试一定做了手脚，还有几名班干部很少看书却考得很好，不是老师加了人情分又是什么呢？真是太可怕了，他分析来分析去，在心里倒吸了一口凉气，看着“举世皆浑唯我独清”的书法，陷入了一种恐慌和孤独、失落的坑穴，难以自拔。

这种情绪一直越过寒假，漫向郑小舟的第二学年春天。他发觉在他的内心和周围注满了敌意。那些带着敌意的人或事物，甚至看不见摸不着的东西，都以沉重之躯向他逼近，使他窒息。他想拼搏，但他寻不到立足点，也找不出敌意对面的力量所在。我们可以抄录一段他该时期的日记：“今天是四月八日，早晨起来回忆前一学期的所作所为及近期表现，甚觉对不住自己，真的这样沉沦下去吗？那可真完啦。今天写这些（是为了）做一名真正的男子汉。首先要每天读外语，争取过四级。其次，做任何事三思而行，不能闹得满城风雨，败了自己形象。不能再干那事，一定！……还有，遇见赵××不再多看她一眼，以免坠入情网……”

这段时间，郑小舟不断设法调整自己，结果全部失败，事实上他心绪烦乱，任何事已做不下去，每天陷入自责自怨中，第二天又重新下决心。他立了很多计划，同时在日记上骂自己：“有志者立长志，无志者常立志！”作为一个正常发育的十九男儿，他也萌发了恋情，“赵××”一度成为他的爱慕对象。在另一篇日记里，他写下“赵××”的详细情况：“赵小燕，四川自贡人，应用化学防腐三年级，住女宿213室，善跳舞唱歌打乒乓。”然后他在一份计划里说：“争取本学期内与她讲一次话。”可见，对赵仅是单相思而已。为了赵，郑小舟还立志“考成都科技大的研究生，争取到赵的家乡深造并……”可不久，郑小舟即发现赵小燕有男朋友。他在日记中痛苦地劝自己：“千万不能因为她毁了我自己，她是女神但她不属于我，忘记她吧！”无疑，单相思的失败又使他多了一个敌人。

四月底，繁花似锦，校园里鸟语人歌，而郑小舟却发现自己孤独的灵魂远离春光和人群，独个儿在阴暗的角落里饮泣。他一天写几次日记，日益不爱讲话，表情木讷，眼神呆滞，各种矛盾缠绕成结，千头万绪难以破解，他的心理防线终于崩溃。明显的精神错乱很快被校方发现，他被送进了省精神医院。

三、击退自我的过去，以做一个普通人来赢得这场战争

郑小舟在与笔者的一次闲聊中，曾描述过他发病时的情景。他说发病时，他所感觉的情绪如同小说里描述的抽大烟后的幻象。他感到自己形象高大威武，富有号召力，像皇帝一样行走在人群中，许多人拥戴在他身旁，他时而发号施令，时而腾云驾雾。那种感觉十分虚浮却又十分刺激。有时候，他觉得南京那些高楼楼顶伸手就可以摸到，而且能感觉到楼顶上湿凉凉的；双手伸出去一掬，就是一把人，像黑压压的臣民一样向这里朝拜。他还时常感觉到自己正直崇高，并动辄感动得大哭，视线里所有的人都跟着大哭。

在一个清醒的人看来，这些幻象是荒唐可笑的。但是，医院的专家和学校的老师每当他病轻时，就让他回忆复述这些幻象，并从中摸索出病根。首先，他们如实告诉郑小舟，他病了，精神分裂。让他接受这个事实，并认识到造成该事实的过去的自己是失败的，既然失败，就要战胜过去，重建自我。

据郑小舟的辅导员顾老师介绍，郑小舟毕竟是大学生，读过很多书，有较强的思辨力，在同学的配合、老师专家的指导下，他很快自己调节了心态。第二次住院时仅一个星期就如同常人，出院后，未再重犯，而且个性骤变。

不了解底细，这样的转变看起来是有些奇迹的味道。我问郑小舟

本人，他是如何从日常做起，战胜了自己的。郑小舟用斯宾诺莎的一句名言开头："最大的骄傲与自卑都代表心灵的最软弱无力，孩子啊，你为何不堪一击？因为你是最骄傲的，也是最自卑的！"他说，他在阅读中忽然发现并揣摩起这句话。"为何不堪一击"就在精神上垮掉？答案很明确。回想一下过去，自己的确很自傲，一个人的精神世界太小，尤其在尚未成熟的青少年期，不与外界交流，不吸收不释放，好比一株植物，是不是一次就能靠自己的把握成长、结果呢？万一闪失，就枯败或结畸形之果。我自恃"独清"，拒绝合流，不屑于其他人的生活圈子，这就是"不吸收不释放"。然而，每遇一事，一旦碰壁，便手足无措，一是心理上准备不足，只能承受顺利，不能接受挫折；二是找不到出路，因为自身的能力与认知有限，故而膨胀失败的外因，导致心理上的力量因反差太大而卑小下去，这就从自傲的极端滑向自卑的极端。我在为人处世、学习、恋情等方面都有这两种极端心理的交错共存，心理矛盾太多，自己给自己树了许多强大的敌人，必然有一天会溃不成军。

光从思想上认识到这一点还不够，我需要用行动去改变自己。感谢同学们在此期间不计前嫌，主动陪我。我参与他们谈话、运动、打牌下棋，我第一次与他们一起谈论女同学，脸都红了，很羞耻，后来就好了。我受了太单面的严肃文化熏陶，认为一切非一本正经的东西都是下流的、庸俗的，后来认识到生活不是道德经，我们需要一个宽容的、轻松的、可以谈笑不拘的环境。人与人需要融合在一起，严肃是一种生活方向，而不是对举止言谈的点滴约束。

郑小舟的辅导员顾老师说，郑小舟完全靠自己的力量战胜自己，这是不现实的。应该说，郑小舟所在的班集体，郑小舟的同学们和老师，给予了很大配合和帮助，而至关重要的一条是，郑小舟接受这种配合和帮助，所以他才能达到“自救”的高度。

为了迎接“五四”青年节，系里布置各班级组织活动，并在“五四”前夕进行汇合评比。郑小舟所在的班搞了一个“特长展示会”。顾老师让郑小舟参加展示会的筹备组。郑小舟起初不肯参加，他说自己没有什么特长，更没有资格参加筹备小组。顾老师笑着制止他说，有无特长别人最清楚，你们班至少有十个同学在我面前说郑小舟很有才，艺术品位高。郑小舟满脸通红。

这次展示会开得很成功。全班同学没有一个肯承认自己无特长，他们有的提供书法作品，有的制作了机械模型，有的合作设计了“未来城市化学工业园”图纸，有的录制了歌曲，有的写文章作诗，有的递交了摄影作品，有的现场表演文娱节目……五花八门应有尽有。郑小舟在展示会期间开了“高雅音乐欣赏”讲座。他借了一套音响，在教室里边放音乐边讲解，赢得同学们阵阵掌声。一些沉湎于流行歌曲的同学主动提出与他交换音乐欣赏。在交换的过程中，郑小舟认识到既不是别人不能欣赏高雅艺术，也不是自己不喜欢流行歌曲，他领略到两种文化的乐趣。

事后，在辅导员的授意下，写作老师布置了一道《我眼中的×××》的作文，要求写自己的本班同学。这次作文给了郑小舟一个大难题，他这才发现自己其实很不了解身边的同学。后来就草草地写了一篇东西交上去。而与他迥异的是，许多同学这次的作文非常成功，其中有七位同学写了郑小舟，写他的多才多艺，也写他的清高与寡交。顾老师与写作教师一起，找郑小舟谈心，并让他看这些作文。郑小舟面露愧色；顾老师就分析说，了解他人也是关心他人的一种表现，是一种好的品德，如果同学们不关心你就不了解你，也就写不像你，就像你写不像别人一样。

郑小舟也谈到了展示会与作文对他的触动。他说，展示会让他认识到自己在一个集体中与他人的共性，人都有长处也都有短处，长处不能用来孤芳自赏，短处也不能用来独酿自卑；展示长处让自己充满自信，欣赏别人的长处又让自己正确估价自己，使自信适度；发现别人的短处，是了解了别人的一个方面，发现自己的短处同样也是了解了自己的一个方面。而作文弥补了展示会的不足，让我感觉到自己的不足。

初夏的时候，郑小舟忽然十分想家。依照学校规定，学期中途是不能无事请假回家的。但郑小舟去系里请假时，辅导员顾老师没有立即拒绝他的请求，而是问他为什么。郑小舟说想父母，顾老师问，为什么不叫你父母来看你，他们不是经常来吗？这句话问到要害上了。郑小舟的父母一直对儿子护得很紧，每学期要来看望儿子一次，放假时从不让儿子一人独自回南昌。而郑小舟忽然提出来要回家看父母，对他来说不能不算是一次“突破”。郑小舟的回答道出了他的心思：我还没有独立走过这条路。顾老师心又一喜，就同意了郑小舟的请假。他问郑小舟一个人走行吗，郑小舟说想试一试。

郑小舟自己到车站买了票，然后又打点行李，并买了一些南京特产。顾老师在他临行前有意识请他到家里看了一部录像片。那是一部名为《生存体验》的片子，写一群大学生不带旅费闯海南的故事。郑小舟明白老师的用心，他请老师放心，然后上了路。

郑小舟突然出现在父母面前时，父母亲几乎惊呆了，上上下下把儿子打量了好几遍，那情形仿佛儿子会少掉一件什么零件似的。紧张、疲劳，一路的担惊受怕和到达目的地成功的喜悦，却使郑小舟激动不已，眼泪夺眶而出。

郑小舟向笔者谈到这次旅行的体验，他说他一路心里绷紧着一根弦，怕迷路，更怕遇到坏人，上车后一直未睡着觉。于是使劲儿吃东西来打发时间，第二天到南昌时，肚子都快撑破了，在车站上还被小偷摸走八十块钱，回家时都快累坏了。但从南昌回南京时，情况就好多了，心里坦然了许多，到南京后有一种自己很坚强的感觉。这种感觉仿佛是一只刚长乳翅的鸟被人扔抛出去，使劲儿扑腾着学飞，最终就飞起来了，虽然飞得不高，摇摇晃晃，但毕竟是自己飞起来的，比那种一根线牵着的风筝神气多啦！

郑小舟的转变过程不是三言两语一事半例所能说清楚的。这种突破在精神病例中堪称可贵，其成功自救值得研究借鉴。但有一点是清楚的，郑小舟认识到自己首先必须是一个普通人，不是鸡中之鹤、浊中之清，这对正处在自傲自负的青春年龄的少男少女，似乎是一个警策。

初夏的颤栗：毕业故事

导读：你们十六七岁的花季的蕊心，都难以抑制地深深颤栗着，颤栗着……

毕业的故事，就是在这样浓郁的气氛中拉开序幕的。

故事之一　蓝皮本之海

初中三年级，毕业年的四五月份，绝大多数少男少女正在搏击的浪尖上，在大大小小的考试间穿梭。铺天盖地的试卷构成了你们疲劳的视线里单一的灰色风景。正在这时，不知是谁放漂出第一本象征着友谊和希望的蓝颜色的毕业留言纪念簿，封面上一艘饱张的帆船在教室里浮来浮去，扉页里一枚叶子和一首小诗勾出了每个人渗向窗外的思绪。接着一本，两本，三本……数十本，数千万本……在四月到七月的空间，灰色风景很快被挤得粉碎，校园里涌动着蓝皮本之海。直到毕业离校的那一天，蓝皮本之海涨到最高潮，几乎每一个毕业生和毕业班老师，都难以避免卷入其中。

你们在本子上彼此作一次次至高无上的倾心交谈，你们或笑或骂或颂或贬；或张男孩子阳刚的离别之情，或抒女孩子婉转的挥泪之绪；或谆谆相诲，或诚诚互寄；或端出一件未曾以告的愧事，或道破一个难以启齿的秘密……你们一个个都成了诗人，文采飞扬；你们一个个都成了演员，激情洋溢地投入你我他她的文字世界，充当真实或是虚假的角色。你们写出了许多的也许是一生也写不出的多情篇章，演导出许多的也许是影视剧里也激动不过的故事，感染着自己，也感染着别人。

在走进高一级学校或社会工作岗位之后，捧起毕业纪念册，许多人感慨万分，徐敏就是其中一个。这位刚入南京高校就读的女大学生，向我们展示她的高中毕业留言簿，也展开了一个个感人的小故事。

徐敏在她苏北老家所在县的县一中时，算得上是一个出类拔萃的女生。这并非因她有副修长的身材和水汪汪的双眼，也不是她善于表现自己，而是因她多次学科竞赛获奖，小有名气却偏偏不同于众，性格很是内向沉静。她是连年的三好生和学习委员，默默地学习、默默地做本职工作，哪怕从教学楼上，从操场跑道上，从教室的夹道中走过，都是始终如一地神态静静，行动默默。她的寡交给一部分同学的视线蒙上了一层神秘的色彩，给另一部分同学塑造出了一个心目中的孤傲的公主形象。这种情况一直持续到毕业考试前、第一本蓝皮本漂向全班四面八方心海时才完全消失。

有谁想到，这第一本蓝皮本的主人就是徐敏。她在扉页给全班同学的话中写道："亲爱的同学们，我知道在你们的眼中，三年来我始终是神秘的、孤傲的。是的，我默默寡交，可你们哪知道，对于一个内心隐藏着难言痛苦的弱女孩来说，沉默寡交恰是我极度自卑的表现形式，我其实远不像你们想象的那么幸运……”原来，徐敏的老家农村还残存着浓重的封建意识。她的爷爷奶奶爸爸妈妈都宠爱她的弟弟而冷淡她。徐敏初中毕业考上了县一中，成了乡村的小凤凰，家人却无半点高兴，他们并不指望一个“将来是人家人”的丫头能有什么大出息。徐敏上高中的三年中，家人数次示意她早点弃学回家，减轻家庭负担同时侍候和培养弟弟，让这根“传宗之梁”早日成材。现在毕业考试、预考、高考就在眼前了，家里人开始催促她拿张毕业证回来，并告诉她，他们在家里为她订了一门亲，男方家住地方小镇，父亲在镇上任职，这对她和她们家的未来都有好处，她一嫁过去就可以在镇上开一爿小店，过清闲的日子。徐敏一听，如一个晴天霹雳，毕业考试每逼近一天，心里便难过如刀在割。她每夜躲在宿舍的被窝里流泪难眠，最终决定为了家人为了弟弟就此牺牲自己的追求，用一本蓝皮本早早地向跟自己一起生活、学习了几个春秋的同学好友倾诉并作告别。

蓝皮本在班上一传开，全班轰动了。男同学惊诧愤怒，女同学同情落泪，正是晚自修的时候，教室里一片骚动。一些同学围着徐敏谈心，一些同学在她的本子上疾笔陈词。班主任查自修，看到教室里一片混乱，大声责问原委。班长把留言簿递上，班主任看也未看，把本子摔到讲台上，说：“胡闹，还没毕业就如此心急，是谁带的头？”教室里一片寂静。班主任看到的是一双双异常激动的泪眼。他疑惑地重新捡起留言簿，翻开，读完，用颤抖的声音说："同学们，你们写吧，用心去跟徐敏交谈，并留下最末一页给我。"

第二天，班主任带着这本写满了的留言簿，下乡来到了徐敏家，一页页地将它们念给徐敏的父母听：

"徐敏同学，你一直是我们的骄傲，却不知道你是一颗如此不幸的种子……

……我们妒嫉过你，却不知道你每取得一分成绩所付出的代价比我们沉重得多。……

徐敏妹妹，你是个令我们男生羡慕而崇拜的女孩，我们曾偷过你的橡皮铅笔，像从球星身上撕一角衣服一样做留念，因为那是你的东西，有价值……你一直是我们的动力，可现在你却要提前退出，男子汉不掉泪可我们忍不住……你怎么不坚持完最后的冲刺，等胜利了我们会给你买许多许多的铅笔橡皮……

想不到已跨入90年代了，你的父母还这样目光短浅，你要坚强，读完高中，考上大学，挣脱封建残余的束缚，达到你梦寐以求的愿望。

四十几双眼睛在盯着你!!!"

无论是三言两语，还是洋洋千言，托出的尽是火热的、急切的、赤诚的心，班主任一页页地读下去，徐敏的父母终于和班主任一起泣不成声。当晚，班主任带着这本洒满热泪的蓝皮本回到了学校，从此蓝皮本载着徐敏通过了毕业考、预考、高考，直载她进入大学，并将载她走进人生之路。

故事之二　狂欢今宵

写完中考或高考的最后一个字，你们冲出考场，冲出了那番持续了几年的奋斗。在夕阳里你们几乎昏厥，疲惫的心浮动得厉害，你们难以自抑地洒下两线清泪，从说不清是哪一种滋味的微笑上流淌。今夜你们全部汇齐到生活了几年的教室里，这是你们最后的也是不曾有过的大聚会。打开窗户打开初夏星星很多很美的夜晚，甩掉作业课本考试的烦恼，你们围起课桌给几年同窗几载寒窗画一个大大的句号。多色彩的装饰带是你们十六七岁最真实的写照。

你们谁都清楚可谁都不敢相信，过了今宵你们就要从这个“句号”里走散，校门外的路通向四面八方，有几条路可以重逢？有几条路是平坦顺风？你们在心里反复自问一遍遍，你们抱头相拥对歌对泪，今宵你们不眠你们已走上三年里情绪涌动的波峰……

他们是狂欢今宵中最激动的四个。

他们的活动也源自他们中学时光里不同寻常的故事。三年前，他们顺利地进入这所省属重点中学。他们四个是班上个子最高的四个，理所当然被班主任安排在最后四个座位。貌合神也合，四个人很快熟识并成为好友，并顺年龄称大毛、二毛、三毛、四毛。同进同出，同食同寝，形影相随，加之他们各有所长：大毛是数学尖子，二毛博通史地，三毛爱耍笔杆，四毛一口不坏的英语，四个人很快成了全校闻名的“四条汉子”。

然而，日子一长，他们的弱点也聚集到了一起。他们都有些贪玩、散漫，又滋长着哥儿们义气，这些很快反映到行为上来。他们经常在一起逛街、看电影、闲聊，经常为了其中某一个人的事打抱不平，不分是非群涌而上。有一次，二毛在街上骑自行车与人相撞，其他三个听到消息，丢下功课跑去相助，跟人家大吵大闹，最后竟动手打了人家，从理赢变成了理亏。人家一直告到学校，闹得校内外沸沸扬扬，影响不好，“四条汉子”受到严肃的批评教育。还有一次，他们听说班主任出差了，便逃出晚自修教室，在校外泡了一整晚的网吧。班主任正好当天出差回校，不顾旅途疲劳去教室查自修，发觉他们四个少了，他便站在校门外的路口，寒风中守了一个多小时截住了他们，怒不可遏地斥道：“我看你们哪是什么四条汉子，你们堕落了，你们简直成了四条恶棍！”第二天一早，班主任找他们继续谈话，他说：“请原谅我昨晚的偏激，言重了。可是我为你们着急啊，你们四个要好在一起，岂能孬在一起？友谊到底该是动力，还是反动力？”他拿出刚刚批改出来的单元试卷，出示他们的成绩，说："你们的成绩每况愈下，四个尖子如今成了四个中下等，不值得反省吗？"四个人惭愧地低下头；接着班主任调散了他们的座位，意味深长地说："好朋友不在朝朝暮暮，不是形体的聚合，而是向上追求的统一，希望你们成为真正的四条好汉！高考之后，我请你们再坐在一起，坐到我家餐桌上来，咱们乐个通宵，我希望到时你们都无愧于我的宴请，怎么样？"

四个人感激地点点头，从此，四个人在力量上结成一体，奋进向上。"四条汉子"不再是以外形在校园曝光，而是用成绩频频显示：大毛数学竞赛在省市获奖了！二毛史地考年级第一了！三毛在报刊上发表习作了！四毛参加市英语演讲决赛了！……

今天，他们终于顺利地走出高考考场，班主任笑吟吟地在场外等他们。一老四少，五个人在班主任家里一齐动手做了一顿晚餐，欢声笑语。开饭时，四个人望着班主任深密的笑纹，不约而同地站起来，鞠躬，又同时举起四只甜酒杯，举出了深深的敬意和感激。

故事之三　柳眉儿飘飘

少男少女，同窗三年。青青的发丝，飘飘的柳眉；无语的窥视，颤栗的情绪。在忙里偷闲的一场比赛上，男孩子矫健身姿叠映着女孩子的雀跃；在假日的一次春游，男孩子的吉他与女孩子的歌声引起了芳草地上多少的意韵，你悄悄地为粗心的我捡起丢落的文具盒，我默默地送胆怯的你到小雨中胡同的尽头；一道几何题在沙滩上画下无数争论的图案，两张生日卡，映出烛光中你我真诚的祝语……初春的田地，哪能避免埋下初春的种子，但你们处在生长知识生长思想的年龄，每一寸心灵都挤满了智慧和理想的禾苗，你们稚嫩的情感只能埋在心田的底层。

你们惊喜。你们烦恼。你们第一次失眠。你们开始把放日记簿的抽屉锁得紧紧。你们，绝大部分的你们为了明天塑造自己成熟的角色。在你们初恋或说是精神初恋的故事中，你们痛苦挣扎，摆脱自我的枷锁，许多的你们成功了，走进了纯朗的世界携手向前，也有些你在朦胧中徘徊，耽搁了向前的时辰。

不管怎样，三年的结尾，往日的情絮丝丝缠上心头，你们知道，故事于此刻也一定是要结尾的……

林小苏心里很激动。毕业晚会主持到一半，他在频频递上来点节目的纸条中发现了一张是写给自己的：

"林小苏：我答应过你，在毕业时把谜底给你。晚会结束后请到大操场足球门边等我。隔壁班的女孩即日。"

林小苏是个成名较早的小吉他手。那还是上小学五年级时，他瘦小的身体拥着一把偌大的吉他，边弹边唱，一举夺得市少年声乐大赛一等奖，这使得他成了市内小有名气的小明星，校园内更是无人不认识他的。林小苏用自信无比的眼光打量着世界，打量着自己的前程。上到初二，已越过变声期的他，忽然对坐在前排的女同学贺梅梅产生了强烈的好感。贺梅梅是班级作文尖子，还是学校小百灵诗社的社长。林小苏在《小百灵诗刊》上读过她的诗，清新雅致，充满了少女特有的恬静。林小苏偷偷地抄下其中题为《我是一棵小树》的一首，还尝试着用自学的曲谱知识为诗谱上曲，在自己的小房间里练习弹唱。初二下学期，林小苏找了一个机会，把贺梅梅约到校外。他们在一条宁静的小路上漫步，林小苏不知道怎样表白自己心中的意思，就边走边弹唱《我是一棵小树》：

> 我是一棵小树/一棵多么瘦弱的小树/怎能承担秋天的果实/冬天的寒霜//告诉你告诉你/我渴望春天多色的阳光/抚爱着我蓬勃生长……

贺梅梅听了自己的诗被谱上曲子弹唱，喜悦万分，称赞和感激林小苏。林小苏望着贺梅梅，用急切的语气说：“贺梅梅，让我做你的春天你的阳光吧。”贺梅梅一听，怔住，旋即明白了意思，满脸通红，语气很坚决地说：“不！你没有领会这首诗，我也不能答应你！”便跑开了。

林小苏的自信心第一次受到重击，他很沮丧，觉得自己一下子失去了很多。偏偏俗话说的“福无双降，祸不单行”，还真在他身上应验了。不久之后的一个星期天，他骑车从桥上下坡，刹车失灵，摔在马路上，当场昏过去。出院后，他的右手三个手指因伤留下后遗症，再也弹不好心爱的吉他了。林小苏抱着吉他伤心落泪，从此觉得自己一无所有了。家长、老师和同学都安慰他，鼓励他振作起来，重新选择一条路走下去。众口一辞，林小苏虽然表面上很平静地接受了，但内心始终是失望的灰色。每天，他无所事事地从教室的窗户呆呆地望着大操场上快快乐乐的同学们，或坐在教室的后排于空寂中昏昏入睡。

林小苏忽然收到一件本埠寄来的邮件。林小苏好奇地打开一看，见是几本书：《逆境中奋起——少年成材事迹百例》、《打开心灵的窗户——与逆境中的中学生对话》、《歌词写作》等。里边还附着一封信，很短：

“林小苏同学：我和其他许多同学一样，是你的吉他听众，从前我们羡慕你的才气，但更多的是欣赏你的乐观向上、充满自信的朝气——这是你在顺境中培育出来的。恕我直言，对许多人来说在顺境中做到这一点并不难，难能而且可贵的是将它在逆境中保持并发展下去。林小苏，我和同学们都相信你能做到，我们的眼睛每天都在看着你。不要让大家失望。

隔壁班的女孩寄。附：书赠给你，不必打听我是谁也不必感激，我是谁毕业时告诉你，最好的感激是努力！”

林小苏看了信，又翻了书，心中充满了新奇，同时一股力量油然而生。他很快着手确定自己的新路：一边认真地学习各门功课，一边自学曲谱与歌词的写作，整天埋头苦干。不久，又一封署名“隔壁班的女孩”的信飞到他手中，拆开一看，是两份剪报，上有《谈劳逸结合》、《你是我的蓝帆——中学生友情论》，阐述了科学的学习方法和正确处理男女同学关系的问题。林小苏读了之后，很受启发，脸上露出会心的微笑。从此，操场上又出现了他活跃的身影，晚会上又听到他的歌声。他还主动地向贺梅梅道歉，并加入了小百灵诗社，以提高自己歌词写作能力……现在中考已顺利结束，是初中时代的最后一个夜晚。林小苏一边主持着告别晚会，一边在心里急切地盼望着知道“隔壁班的女孩”到底是谁。他要赠一本他发表的歌词习作剪贴簿给她，并学写了一首歌曲准备送给她做回报，感谢她伸出的友谊之手，奉出的无私之心。

晚会一结束，林小苏便匆匆地赶去。在约定的地点，他又惊又喜地叫起来：“原来是你，贺梅梅！”贺梅梅笑着说：“祝贺你，林小苏！”祝贺什么呢？两个月后，林小苏被市重点中学录取，处女歌曲也发表了；但更值得祝贺的，恐怕还应是他所获得的美好友情和更加坚强上进的成熟性格。

故事之四　猝入误区

有一种说不清的苦涩，有一种抹不去的惆怅，一直悄悄地潜伏在你们的心灵深处。你们，你们是绝大多数透明洁净的心群中的几点不易察觉的阴影。三年像一颗沉重的石头压住了这几点阴影的膨胀，但那种惆怅，那种苦涩，那种抱着个人奋斗或自我消沉淤积繁衍出来的烦闷，甚至一丝恶意的愤懑开始游离。

不确定这是属于何时何地何种方式。也许是父亲一个粗鲁的斥骂毁灭了人生之初的温柔，也许是母亲一捧绝望的眼泪冲泯了稚嫩的自信，也许是老师一个红色的武断筑起了眼前一道厚厚的人墙，也许是街头书摊，你弯下了小树一样的身子……远离人群，远离太阳鲜亮的地方，曾经是透彻的眸子里，注入那么多的恐慌，那么多的自卑，那么多的杂色。偶尔也使劲地眨动着眼睑，企图用后悔的泪水洗刷出一个明了的方向，但终于未从心灵的底层，清除干净荒乱的草芜。在来来去去走投无路的精神世界里，在三年的最后一段路程，你们拒绝了一条绿色的臂膀，望着红灯亮起的地方，只一念之差，就猝入误区。

就在离校前的那天晚上，一场大火从他们手中燃出，把他们三年留下的最后一片希冀，把他们十七八岁的青春人格烧成了枯黑色。人们惊诧地盯视着烧伤的吕芒，他的恐慌和惭愧的眼睛挣扎着躲避人们的灼灼目光。人们清楚地记得，三年前，他是怎样从乡村孩子王变成了这座省属的县城重点中学的学生，怎样地将自负的目光越过人们的肩头，盯视着蔚蓝的天空一两只孤傲的雄鹰。

吕芒是那一届全县中考最高分获得者。他轻松地踏入县中大门的第一堂课，带着浓重的吴方言音的老师将他指定为临时代班长，吕芒的脸上露出了春风得意也是理所当然的笑——中考最高分嘛，当班长是合情合理的。可是两个星期后正式选举时，他被选定为体育委员兼数学课代表。他像吞了一只苍蝇一样心里久久不是滋味。晚上，住在本城的一个走读生季军把他从晚自修教室里喊出来，塞给他一张电影票。两人边向电影院走边发牢骚。季军说："他妈的，我在三中读初中时，连年当学生干部，进了县中却什么也沾不上边。班主任真不是东西。"一句话唤起了吕芒的同感。季军又在吕芒耳边说："你知道咱们现在的班长是什么人？是校长的侄女。我们班主任拍马屁的水平一流!"吕芒虽觉得季军的话粗俗了点，但还是觉得很投机。两人最后说，无官也好，落个一身轻，小妞班长别想管我们，我们听自己的。

星期天班长安排活动，到郊外秋游，吕芒和季军装病躲起来。他们先在季军家玩了一会儿，季军请吕芒喝了咖啡，还吃了牛肉干。望着季军小房间里堆了那么多副食品和饮料，吕芒心想，家里虽宠爱自己，但无论如何也达不上季军一半的"水平"。季军说，这些算什么，要得乐，外边玩去，我在文化宫游艺场定了月票呢。于是两个跑到文化宫，打台球，坐电子游艺车，玩了一天，尽了兴才回校。吕芒看着从郊外回来的同学一个个汗涔涔的样子，心里直乐。

高一学年结束时，班主任找他们谈话，让他俩不要太脱离集体，也不要在外边乱玩。季军拍拍胸脯说："这有什么，玩物而不丧志，我进班时中考成绩排全班第十七名，现在学年末考第十四名，还进步了呢。"班主任一时说不上话来，就转对吕芒问："那你呢？"吕芒又羞又恼，他从第一名下降到了第六名。心里直叫苦：只好任老师宰割啦！

高二时，吕芒心想：既然老师爱抓人短，我就避免学习上退步的缺陷。从此一边继续与季军出去，一边把功课啃好。然而他们玩的形式也越来越多样。有一天晚上，两个人在街头摊子上吃水饺，吃完后，将辣酱全倒进了残汤里，还将匙儿袖在衣口袋里带了出来，两个人开心地哈哈大笑。季军说，看我的，还有更高招呢！

只见他从一排水果摊前挤来挤去，不一会工夫，衣襟里就藏了几只苹果和一把香蕉，两人捧腹大笑。他们越闹胆越大，有一次竟将百货公司外一个女顾客的自行车扛到几百米外，拔了气嘴，扔在那儿。不久之后，社会上有人将情况反映到学校，校长很气愤，要严肃处分他们，后来班主任出来挡住说："这两位是班上的学习尖子，品德不坏，至少不像社会上有些人胡扯的那样。"他们才被免了罚。事后，班主任将他们狠狠训斥了一通，又罚他们在班上当众高声朗读悔过书，两个人气得几个星期抬不起头来。

重点中学高三复习比打仗还紧张，吕芒和季军使劲抑制着自己，闷在教室里背书做题，看到"小妞班长"每次考试稳居第一，屈居第二的吕芒心里酸酸火火。他们偷闲聊天或躲在墙角偶尔抽支烟，都被她盯住并报告老师。两人联想起她的"校长叔叔"曾经和他们的过不去，憋着一肚子气。季军说，现在咱们不啰唆，等毕业了，高考过去了，不属这个鸟学校的人了，再收拾他们叔侄不迟。七月九号，他们从教室出来，怀里揣着那红色的《毕业证书》，解放了似地长长吹了两声口哨，下决心不出掉那口气不出母校门。

最后一个夜晚惯例是毕业生的告别联欢晚会。他们决意不参加妞儿主持的晚会，他们哪里服气？晚会前两人先潜入教室，用小刀将音箱的振动纸戳破，将班长和其他几个平时与他们交往不好的同学残留在桌肚里的东西全部带走，还顺手牵羊捧了两只晚会用的西瓜，然后锁上教室门，在锁孔里插上草梗。开晚会时，他们躲在空空的寄宿生宿舍里，吃西瓜、喝酒，并用季军从家里带来的酒精炉煮一块猪肉。两个小时后，两人都昏昏然。季军一摇一晃地回家，吕芒则躺在自己的床上抽烟。一会儿，他睡着，烟蒂掉在棉被上，棉被在充满酒精挥发的空气中迅速燃烧……

一个多月后，吕芒伤愈出院。高考成绩出来，他高出录取线二十多分，季军也够得上大专线，但等待他们的不是曾经向往很久的高等学府的大门，而是一张冷森森的劳教证。在家长、老师和同学们同情含怨的灼灼目光里，他们簌簌流下了高中时代的第一掬也是高中时代的最后一掬泪水。

故事之五　蓦然回首

多少的依恋之情，多少的温馨记忆，是从心群的角落生长并伸出校门的无数胳膊。在跨出校门的一刹那，你们被这些胳膊紧紧拽住，慌乱的步履不知道踏出多少个来来回回的复合。你们任凭千丝万缕的挽留和远方一片黎明对你们的强大引力，在心的田地上做一万次拔河。你们不敢抬头，怕父母在校外踮足的神态；你们更不敢回顾，在崭新的教学楼的每一扇窗户后，在陈旧的教师宿舍楼的一排排门纱后，嵌贴着一颗颗多么熟悉的黑里夹白的头颅，双双多么智慧又多么温情的充满血丝的眼睛。你们的每一根青丝会迎风颤栗，你们的每一双眸子会被滚烫盈满……一顶伞在你们头顶的密雨里张开，一双手在你们雪白的试卷上抚摸，一支粉笔的声音在黑板上嘹亮或沙哑地唱了三年，一句中肯的教诲走进了你们的终身。哪一朵鲜花里没有开着绿叶的衰老？哪一缕星光里没有太阳的牺牲？哪一首优美的曲子里没有谱进默默的音符？哪一滴汗水里又没有老师的盐分？哪一份成功的后边没有老师结结实实的脚印？……但如今？但如今，但如今！但如今你们就要走出这张伞，在老师用青春溶化而流淌起来的河流里张帆远去，在启航的笛声响彻的时候，你们忍不住蓦然回首，盯着烛火的深处，深情细语：老师啊老师……

初三(1)班的同学们在商量着给班主任孙琴老师送一份怎样的毕业礼物。商量来商量去拿不出理想的方案，倒是四十几个人有一半多商量得泪水涟涟，数不尽对孙老师的感激、敬爱和留恋之情。

初三(1)班初一时曾是全校有名的“油子班”，同年级四个班就这个

(1)班是个大杂烩：农村生，城镇生；走读生，寄宿生；借读生，插班生；中考尖子，不达分照顾进来的……什么样的都有。一位中年班主任带管了一年，直喊头疼，于是他动辄发火，拍桌子训斥，有一次激动得脱了外衣，掼在讲台上，等训斥完了一看，后排竟有几个男生睡着了，中间还有几个女生在桌肚里吃零食呢！到了初二，班主任坚决不干了，担子一下子落到了年轻的女教师孙琴肩上。

这个孙琴，师专英语系毕业，工作没有几年，又是新婚不久，大声说句话脸还发红呢。她的第一堂课，调皮蛋们决定让这个“大女孩”哭鼻子。孙老师做了自我介绍，接着宣布一些常规的课堂纪律，刚谈到“上课不许随便讲话，要发言先举手”时，就有一个眉清目秀的男孩举手站起来说：“报告老师，您的脸上有一只小虫！”一本正经，孙老师很窘，伸手一抹，果然有一只小飞虫叮在额上，当下满脸通红，哭笑不得，全班同学哄然大笑。孙老师吃了个“下马威”，可并没有“哭鼻子”。下课后，她便把这个同学叫到办公室，了解情况。原来这个调皮鬼竟是班级学习委员。孙老师想了一下，谦和而不失幽默地说：“谢谢课堂上你送给老师的见面礼。”那个同学一下子怔了，接着也满脸通红起来。在孙老师的询问下，他细细地道出了班上的一些情况。几天之后的班会上，孙老师说：“同学们都很聪明，但怎么就不懂个严肃活泼相结合呢？我主张该严肃的时候就狠狠严肃，该活泼的时候就放胆活泼，我和大家一起来，怎么样？”有一个同学说：“您能放下这个架子？”孙老师说：“课后是朋友，课堂是师生！”同学们齐戸叫好。

孙老师摸出了这个班学生思想庞杂、活泼好动的特点，于是对症下药，一边把大量精力扑在课堂教学上，一边又用大量业余时间引导同学们发挥特长，开展课外兴趣活动。她常常起早贪黑。有一次上午辅导差生课程，直到十二点过后，匆匆回家，烧了饭自己却来不及吃，啃着两片面包又骑车进了校。还有一次很晚了回家，跌倒在小巷子的石板路上，眼镜摔坏了，好几天上课“云雾朦胧”。班上有个嘴快却心细的女生说：“怎么从来不见孙老师的那一位接送过她呢？那人心也真狠。”于是几个女生悄悄地摸清了孙老师的住址，星期日上午准备来个“突然袭击”，抓住“那一位”好好“叽喳”一阵。敲开老师的小院门，女生们惊呆了：孙老师屋里屋外地忙碌着，院子里晒满了衣服被单，一个行动很迟缓的老太太坐在藤椅上晒太阳。后来她们终于弄清楚，老师的丈夫是一位军人，在东海舰队，最多每年才能回家探亲一次，老妈妈和这个家全交给孙老师了。得知此事，同学们一下子似乎成熟了很多，更认真地跟老师配合好教学了。

不过，他们还是开了一次最大的玩笑，让孙老师真正地哭了鼻子。那已是初三下学期，一个下午的英语复习课上，有个同学跑过来说：“老师，叔叔回来了，在车站等你去接呢。”孙老师听了消息，双颊微微发红，看得出努力镇静自己，但终于还是镇静不住，有好几次手中的粉笔滑落在地上，偷偷瞥一眼窗外，便忘记了刚才讲课的内容。好容易挨到下课，便走出教室，骑车奔向车站。她刚一走，那几个“恶作剧”的调皮鬼就嘻嘻地笑起来，惹得女生们十分气愤。两堂课后，孙老师气喘吁吁地回到教室，往讲台上一站，没有开口，委屈的泪水便在眼眶里打转。调皮鬼们慌了，忙站起来说：“老师，我们复习太累了，就想出恶作剧骗你出去……我们错了！”老师的眼泪一下子溢了出来，像感应似的，许多同学的眼睛都湿了……

那次事情之后，几个调皮鬼再也没有闹腾的现象，而是一头扎进了复习迎考之中。初三(1)班风气大变，中考时稳居年级之首，还出现了几位在写作、单科竞赛、体育等方面的特长生，被省重点高中免试录取。

现在，初三(1)班就要和他们的班主任也是大朋友的孙琴分手了，一件什么样的礼物才能最好地表达他们的心意呢？最后，还是原先的调皮王、学习委员出的主意。离校的第二天，一大早，初三(1)的全体同学又汇集在一起。不过，不是在生活了三年的教室，也不是汇集一起学习或联欢娱乐，而是汇集到了孙老师的家里。含着感激的泪水打扫院子房间、收拾书籍家具、买菜烧饭，为老奶奶洗衣梳头……帮教师干了一天的家务活——有什么样的毕业礼物能比这更珍贵、更能表达同学们的心情呢！

结束语

让我借用伟大的诗人、被称为世界爱之父的泰戈尔老人的一句诗，送给那些初夏里已经或即将颤栗的少男少女们，愿把它题写在你们的蓝皮本上，作为我赠给你们的一份毕业礼物：

雨水湿土的气息蒸腾向上犹如无声小人物群中升起的

一曲巨大赞歌

不要一路留连着采集鲜花保存

向前走吧

因为沿着你的路鲜花将不断开放

丁捷作品

主要图书篇目

《依偎》(长篇小说,2012)

《亢奋》(长篇小说,2010)

《如花如玉》(长篇小说,2003)

《现代诱惑症》(中短篇小说集,2014)

《沿着爱的方向》(诗集,2004)

《叩响她的门环》(诗集,1994)

《约定》(大散文,2014)

《假正经》(散文随笔集,2016)

《缘动力》(青春文学,2009)

《小困兽》(青春文学,2015)

《卖乖王》(青春文学,2016)

《星公主》(青春文学,2016)

《青春期突围》(青春文学,1996)

《青春期点击》(青春文学,2001)

《中学生交友》(青春文学,1994)

《与群魔共舞》(长篇纪实文学,1993)

《梦乡》(摄影艺术集,2009)

《一个人的边疆》(摄影艺术集,2010)

注:

1. 只标注首次出版时间,全部资料截至 2016 年

2. 列名字体加深的作品为在售新版,